꾸준하게 실수한 것 같아

조금 다르게 살아보고 싶은 네 사람 이야기

도서출판 담다

일러두기

1. 책에 등장하는 인명, 지명은 국립국어원 외래어 표기법을 따르되 일부는 관례에 따라 소리 나는 대로 표기했다.
2. 단행본은 「 」, 제목, 지명, 영화 등은 〈 〉로 표기했다.
3. 대화문은 " ", 그 외의 강조, 독백은 ' '로 표기했다.
4. 대화문, 강조, 독백에서 마침표는 생략했다.

꾸준하게 실수한 것 같아

조금 다르게 살아보고 싶은 네 사람 이야기

박성주
이경용
이명주
장은미

여는 글

"나는 세상을 어떻게 이해하고 있을까?" 라는 질문이 생겨났다면

코로나19가 일상을 흔들어 놓았다. 올해 5년째 이어오고 있는 공저쓰기 프로젝트도 그 여파에서 자유로울 수 없었다. 마스크는 필수품이 되어 버렸고, 대면으로 진행되는 모임은 각별한 주의를 필요로 했다. 소통과 공감을 바탕으로 진행되는 공저쓰기 프로젝트도 변화가 필요했다. 모임을 갖는 것이 불투명해지고, 일정을 차일피일 미룰 수 없는 상황에서 줌(ZOOM)을 이용해 화상회의 방식으로 프로젝트를 진행했다. 조금은 힘에 부치는 어려운 상황이었지만, 그럼에도 불구하고 아무 일도 없었던 것처럼 첫 페이지를 열게 되었다. 실로 감사한 마음이다.

많은 사람들의 버킷리스트에 공통적인 것이 하나 있다.
"언젠가 내 이름으로 된 책을 내야지"

공저쓰기 프로젝트는 그 버킷리스트를 위한 제안이다. 다만 한 명이 아닌 여러 명이 모여 한 권의 책을 완성하는 방식이다. 한 권의 책을 완성하는 과정에 참여하면서 지금까지의 시간을 되돌아보고, 어느 방향을 바라보고 있는지 각자의 삶을 점검해보는 책 쓰기 프로그램이다. 철저하게 주관적이며 개인적으로 진행하되, 한 권의 책이라는 공동의 목표를 이루기 위해 끈기와 배려를 경험한다.

각자 선원이면서 동시에 선장인 셈이다.

공저쓰기 프로젝트는 심리적으로 따뜻한 분위기 속에서 자신의 데이터를 밖으로 꺼내는 과정이다. 그러한 과정을 통해 자신을 이해하게 되고, 나아가 자신의 삶에 대한 신뢰를 확보하는, 흥미로운 경험을 하게 된다. '책'이라는 공동의 목표를 달성하겠다는 마음은 스스로에 대한 자존감을 높여 누구와의 비교 없이 '나의 삶에 충실해지겠어'라는 다짐을 이끌어 내기에 충분하다.

열심히 살아가지 않는 사람은 없다. 모두 자신의 일을 열심히 하고 있다. 하지만 무엇을 열심히 하고 있는지, 어떤 것에 정성을 들이고 있는지 살펴보는 사람은 흔하지 않다. 습관적으로 열심히 살아가고, 해오던 일을 반복적으로 하는 경우가 더 많다. 공저쓰기 프로젝트는 그 지점을 향한 질문으로부터 출발했다.

"당신의 일상은 안녕한가요?"
"소중한 사람과 함께 시간을 보내고 있나요?"
"당신은 어떤 곳을 바라보고 있나요?"

무엇을 이루었는지, 어떤 성과를 내었는지 자랑하려는 것이 아니다. 아침형 인간이 되고, 자기계발을 위해 열심히 달려야 한다고 강조하려는 것도 아니다.

아픈 과거를 들춰내어 상처를 주려는 것은 더더욱 아니다. 잠시 호흡을 가다듬을 수 있는 시간을 확보해 주고 싶을 뿐이다. 글쓰기가 지닌 자기 치유의 힘을 통해 여러 역할을 수행하는 과정에서 놓쳐버린 '진짜 나'를 만나는 시간을 만들어주려는 것이다. 나의 정체성을 찾아가는 여행이라는 표현이 적당할 것 같다.

올해에도 네 명의 멤버와 함께 성찰과 성장의 시간을 공유했다. 과정적 어려움은 당연히 존재했다. 하지만 게임하듯, 숙제하듯 서로가 서로에게 의지하며 일련의 과정을 마쳤다. 타인의 시선에서 벗어나 오롯이 자신에게 집중하고 앞으로 어떻게 살아가고 싶은지 발굴하는 과정은 자기 확신의 시간이었으며 삶에 대한 안정감을 확보하는 계기를 마련해 주었다.

"나는 세상을 어떻게 이해하고 있는가?" 라는 질문이 생겨났다면,
자기 이해의 시간을 통해 성장으로 향하는 여정이 궁금하다면,
누구와의 경쟁이 아닌 오롯이 '나다운 삶'에 대해 깊은 사색에 잠기고 싶다면,
불확실성의 시대에 함몰되고 싶지 않다면, 그런 당신의 무릎 위에 이 책을 놓아주고 싶다. '지금까지 잘 해왔어', '너무 늦은 때란 없어'라는 메시지를 발견할 수 있도록 도와주고 싶다.

그렇지만 무엇보다 네 명의 멤버가 공저쓰기 프로젝트를 통해 무엇을 배웠으며, 이번 경험이 앞으로의 삶에 어떤 쓰임이 있을지 가장 궁금하다. 닻을 내릴 항구가 보이기 시작한다. 인생은 속도가 아니라 방향이라고 했다. 짧다면 짧았을, 길다면 길었을 이번 항해가 바쁜 일상 속에서 북극성처럼 반짝거리기를, 앞으로 나아가려는 마음에 나침반이 될 수 있기를 진심으로 희망해본다.

기록디자이너 윤슬작가

하루살이 이 경 용

꿈꾸는 이 명 주

꺾이지 않는 장은미

다섯 시의 남자

박성주입니다

인생 후반전을 여행과 글쓰기로 시작합니다.
어떻게 살 것인가, 어떻게 죽을 것인가, 늘 고민 중입니다.

현재 주식회사 디아상사 대표이며
(사)한국백혈병소아암협회 대구 경북지회 운영이사로 섬기고 있습니다.

프롤로그

1. 세 번의 나를 만나다

   공부 잘 하게 생겼다는 말을 많이 들었지만

   여행이 가져 다 준 선물

   잊은 듯 지내지만 잊을 수 없는 이야기가 있다

2. 아직 늦지 않았어, 시간은 충분해

   이미 늦은 것도 아니고, 너무 이른 것도 아니다

   오팔세대, 새로운 시작을 위하여

3. 다섯 시의 남자

   초원에서 만난 인생

   영하 27도, 세상과 마주한다

   운동을 좋아하지는 않지만

   다섯 시의 남자(마 20:6)

에필로그

프롤로그

시험 기간이 되면 예상문제를 간추려 먼저 정리를 한다. 한눈에 볼 수 있으면 구체적인 계획 잡기가 수월하다. 복잡하고 까다로운 일을 준비할 때나 혹은 여행을 갈 경우에도 전체 일정부터 사소한 준비물까지 일단 종이에 적어 본다. 그러면 어려운 문제가 풀리면서 선명하게 길이 보일 때가 많다. 정리하면서 중복되었던 고민도 줄어들고, 질문이 다른 질문의 답이 되기도 하고, 무엇보다 불분명했던 생각이 좀 더 명확해지는 효과가 있다.

같은 원리로, 결정을 내리기 힘들 때마다 노트에 줄을 긋고 장점, 단점에 대한 이유를 두서없이 적어 본다. 그렇게 하면 감정적인 선입견으로 일을 복잡하게 만드는 것을 막을 수 있다. 물론 살다 보면 둘러 가면서 얻은 지혜가 귀할 때도 있지만, 쓸데없이 에너지를 소모할 일을 줄일 수 있다.

처음으로 지금까지의 인생을 끌어안고 정리를 하게 되었다. 한 번도 시도한 적이 없었다. 그럴 필요가 있다고 생각조차 하지 않았었다. 정말 운이 좋게도 글쓰기에 관심을 가지면서 꼭 필요한 과정임을 깨달았다. 어떻게 살았는지 돌아보고, 또 어떻게 죽을 것인지 생각해 보는 시간이었다. 하고 싶은 것이 무엇인지, 인생이 결국 어디로 가는지, 복잡하게 머릿속에서 맴돌던 것들을 글로 옮기면서 정답은 아닐지라도 나만의 답을 찾아가고 있다.

차마 꺼내 놓기 어려운 얘기도 있었다. 가슴 아프기도 하고 황망하기도 하지만, 의미를 지니지 않은, 공허한 소리가 되지 않기를 바라는 마음으로 모두 내어놓았다. 책을 쓴다는 것은 나뿐만 아니라 누구나가 살면서 한 번은 꼭 해봐야 할 과정이라고 생각한다. 아직도 망설이는 분이 있다면 지금 바로 시작하라고 얘기해주고 싶다. 쉽지 않은 것도 사실이다. 생각보다 훨씬 깊이 들어가야 할 수도 있다. 그렇지만 특별한 기술이나 지혜가 있어야 하는 것도 아니고, 혹독한 훈련이 필요한 것도 아니다. 자신에게 솔직해지겠다는 마음만 먹으면 충분하다. 지금까지의 인생을 한 권의 책으로, 사업 계획서 작성하듯 인생계획서를 정리할 수 있다면, 남은 삶이 한층 풍성해질 것이라고 확신한다.

첫 번째 소개하는 세 가지 사건은 내 인생의 터닝 포인트이자, 등대 같은 의미가 있다. 두 번째는 '아직 늦지 않았어, 시간은 충분해'라는 메시지로 스스로를 다독임과 동시에 용기와 비전을 담아보았다. 마지막은 내 삶의 가치관과 나를 나답게 만들어 주는 신념에 대해서 고민해보았다.

한마디로 나를 소개하자면, 사춘기를 너무 늦게 그리고 너무 오랫동안 겪고 있는 '50대 청년'이라고 얘기하고 싶다. 진즉에 현실적인 감각을 살려 돈 벌 궁리를 해야 했음에도, 여전히 꿈같은 인생을 찾아 소년의 감성으로 남으려 발버둥 치고 있다. 지난여름 대학생들과 함께 해외 봉사활동을 떠나면서 주제가로 불렀던 〈꿈꾸지 않으면 사는 게 아니라고〉의 노랫말에 깊은 공감을 얻었고, '내 생각이 잘못된 게 아니었구나'를 확인하면서 용기 내어 글을 써 나갔다.

함께 글을 쓴 동료들과 좋은 나눔이 있었다. 인생에 귀한 동역자를 얻게 되어 감사한 마음이다. 거울을 보듯 내 모습을 비춰보기도 하고, 마치 내 일인 것처럼 응원하면서, 나와는 다르지만 어쩌면 잘 살고 싶다는, 같은 고민을 안고 살아가는 사람이라는 것도 알게 되었다. 윤슬 작가님과 출판사 가족들에게 감사의 인사를 전한다. 윤슬 작가님은 나뿐만이 아니라 많은 사람의 꿈을 찾아 주는 '꿈의 통로'와도 같은 분이다. 이 일을 통해서 작가님의 인생이 더욱 깊어지고 넓어지기를, 감사가 삶에 늘 풍성해지기를 소망한다. 마지막으로 나의 남은 인생도 누군가에게 선한 영향을 끼칠 수 있는 삶으로 살아질 수 있기를 간절히 희망해 본다.

늘 내 편이자 함께 여행하는, 사랑하는 아내 권순이, 딸 주영에게 감사한다.

1. 세 번의 나를 만나다

공부 잘하게 생겼다는 말을 많이 들었지만

경북 왜관과 성주가 갈라지는 삼거리에서 성주 방면으로 비포장도로를 오 분 정도 달리면 작은 학교가 나온다. 처음 봤을 때는 동사무소가 아닌가 싶을 정도의 초라한 건물이었다. 3년, 내 청춘의 숨결이 담긴 그리운 학교다.

당시에는 고등학교 연합고사 시험에서 떨어지는 학생이 전교에 채 열 명이 되지 않았다. 나는 특별히 눈에 띄지 않는 학생이었다. 말이 없고 친구들과 잘 어울리지 못했다. 담임선생님조차 내 이름을 잊어버리실 만큼 관심 밖의 학생이었다. 첫인상은 늘 똑똑하고 공부 잘하게 생겼다는 말을 들었지만 말이다. 주위에서 고등학교는 어디로 가냐고 물었을 때 시험에 떨어져서 2차 시험을 준비하고 있다고 하면 다들 농담으로 여겼다. 그때부터 사람들과의 소통을 두려워하게 되었는지도 모르겠다.

고등학교 생활은 중학교 때와는 확연히 달랐다. 나름대로 한가락 한다는 아이들만 모아 놓은 탓에 말썽이 끊이질 않았고, 싸움을 해도 애들 싸움이 아니었다. 선생님들도 무사히 고등학교를 졸업시키는 게 목표였는지 성적을 가지고 야단치는 일은 없었다. 나는 입학 하자마자 선생님들에게 사랑받는 학생이 되었다. 착해 보이는 외모에 담배도 피우지 않았고, 수업 시간에 딴짓도 하지 않았으니 말이다. 담임선생님뿐 아니라 다른 과목 선생님들도 복도에서 마주치면 웃으시며 내 이름을 불러 주셨다. 그런 관심들이 잠잠하게 가라앉아 있던 내 자아를 깨워준 것 같다.

1학년 첫 시험에서 반에서 14등을 했다. 중학교 때까지 늘 50등 주위를 헤매던 나로서는 가슴 벅찬 등수였다. 같은 반이었던 성환이가 3등을 했다. 성환이는 같은 버스를 3년 동안 함께 타고 다닌, 가장 친한 친구였다. 학교가 시외에 있었던 탓에 전교생이 스쿨버스로 통학을 했었다.

스쿨버스 얘기를 하자면 재미난 일들이 많았다. 학년이 올라가면 반 친구는 바뀌게 된다. 하지만 버스는 졸업 때까지 같이 타고 다녔기에 더 친해질 수밖에 없었다. 방과 후에 시내도 같이 돌아다니고, 가끔 버스별로 축구 시합을 하기도 했었다. 선배가 무서운 것도 버스에서 알게 되었다. 인솔하시는 선생님은 맨 앞자리에서 모른 척할 뿐, 온갖 사건 사고가 뒷자리에서 일어났다. 지금은 그리운 추억이 되었지만 1학년 때는 숨도 제대로 못 쉴 정도로 긴장될 때가 많았다. 고등학교 때 있었던 얘기를 모아 책으로 써도 좋겠다고 생각했는데 영화 〈친구〉가 개봉되고서 생각을 접었다. 상당히 비슷한 분위기였다.

성환이가 3등 성적표를 받아들고 간 다음 날을 지금도 잊을 수가 없다. 바로 위의 형한테 얼마나 맞았는지 얼굴이 엉망이었다. 겨우 3등밖에 못 했다는 이유에서였다. 전날 내가 부모님께 자랑스럽게 성적표를 내밀면서 우쭐해했던 것이 부끄러워지는 순간이었다. 친구는 그 이후로 열심히 공부했다. 나도 덩달아 수업을 마치면 도서관으로 따라다녔다. 10시에 울리는 마감 안내 벨 소리를 들었다. 돌이켜 생각해보면 내게는 그 음악이 새로운 인생의 길목에서 만난 녹색 신호등처럼 느껴진다. 멈추어 있는 나를 움직이게 하는 신호였다. 가끔은 불행인 척 다가오는 행운이 있다고 했던가. 적어도 나에게 고등학교 시절은 어두운 과거가 아니라 새로운 세상을 향한 건널목이었다고 생각한다.

대학을 진학했다. 일반 고등학교였다면 대단한 학교가 아닐지 모르겠지만 우리 학교에서는 서울대 못지않은 결과였다. 눈치 지원이 극심하던 시절이라 여러 통의 원서를 써서 여기저기 뛰어다녔다. 담임이셨던 김호경 선생님이 사방으로 알아봐 주셨다. 선생님 덕에 무역학을 전공하게 되었고, 지금도 무역 일을 하고 있다. 가끔 다른 전공을 했더라면 어땠을까, 생각할 때도 있지만 말이다.

대학을 졸업하고 사회생활을 하던 중, 방송통신대학에서 일본학을 전공했다. 몇 년 후에는 대학원까지 가게 되었다. 공부를 좋아하거나 잘하지도 않았으면서 왜 계속해서 배움의 과정을 밟게 되었는지 나 역시 궁금하다. 어쩌면 고등학교 이전의 아무런 계획이나 생각 없이 지낸 날들에 대한 보상심리였는지도 모르겠다. 얼마 전 학교 인근을 지나다 문득 옛날 생각이 나서 들어가 보았다. 정문 앞 언덕이며 운동장, 수돗가를 천천히 둘러 보았다. 이미 건물은 새롭게 여러 동이 세워져 옛 모습과는 많이 달라져 있다. 양지바른 담벼락과 화단 옆 계단, 졸업앨범의 어색한 웃음과 촌스러운 포즈의 순수했던 내 청춘을 추억해 보았다.

고등학교 2학년인 딸을 보면서 그 시절의 나를 다시 떠올려 본다. 지금껏 공부 때문에 아이를 몰아세운 적은 없다. 아빠의 유전자를 닮았다면 공부로 승부 걸기에는 힘들 수 있다는 걸 인정하기 때문이다. 다만 자신이 원하는 게 뭔지 발견해 가고, 그 일이 즐거운지, 세상에 유익한 일인지 고민하면서, 자기 인생을 스스로 살아갈 수 있는 지혜를 가질 수 있기를 바랄 뿐이다.

그 시절의 나를 다시 만나고 싶다. 응원하고 싶다. 용기를 가지라고, 꿈을 꾸라고, 어깨를 다독이고 싶다. 이미 날개를 가졌으니 노력하면 날 수 있다고 말해 주고 싶다. 부끄러운 시절이 있었고, 숨기고 싶은 과거가 있지만, 그것 또한 더없이 소중한 날들이다. 결과로 판단되는 것이 아니다. 그때도 '나'였고, 지금도 변함 없는 '나'이기 때문이다.

여행이 가져다준 선물

30년 전 도쿄에 갔었다. 외국은 처음이었다. 우리나라 사정이 지금과 많이 다를 때였다. 88올림픽이 끝나고 이듬해인 1989년, 겨우 해외여행이 자율화되었다. 여권을 만들 때도 앞산에 있는 낙동강 승전 기념관에 가서 반공교육을 받아야 했다. 분명한 출국 사유가 없이는 나갈 수도 없었고 비자 받기도 어려운 시기였다. 1988년 이전에는 포항제철 같은 곳으로 산업시찰도 가야 했다. 우리나라의 선진 산업화 현장을 보고, 외국에 나가 주눅 들지 말라는 의미였던 것 같다.

새벽에 일어나 아르바이트를 하고 오전에는 일본어 수업을 들었다. 그리고 오후 시간에 야마노테센(동경 시내를 도는 순환 전철)을 타고 짧은 여행을 시작했다. 이케부쿠로에 있는 〈빅카메라〉 매장에서 카메라를 사서 매일 새로운 역에 내려 동네 투어를 다녔다. 어디에나 다양한 작은 가게, 예쁜 집, 공원이 있었다. 지나가는 사람들 구경도 하고, 아이들 노는 것도 바라보면서 날마다 여행하며 보냈다. 번화가에도 그 나름의 모습이 있었다. 시부야 거리에서는 청춘들의 패션을 관찰하고, 동양 최대의 환락가인 신주쿠의 가부키초에서 어마어마한 네온사인들에 싸여 헤매기도 하고, 우에노의 으쓱한 공원에서 아랍계 외국인들 틈에 끼어 불법으로 만든 전화카드를 사기도 했다.

일본은 버블 경제 시기로 한창 잘 나갈 때였다. 장기 비자가 없어도 아르바이트 자리가 널려 있었다. 시간당 많이 주는 곳은 1,000엔까지 받았었는데 30년이 지난 지금도 크게 오르지 않았다. 일본 문화가 개방되지 않았을 때라 드라마, 노래 등을 복사해서 파는 유학생들도 있었고, 심지어 TV 광고만 모아 국내에 보급하는 업체가 있을 정도였다. 정보가 느리고 어두울 때라 '이거 갖고 가면 대박 나겠는걸'이라고 생각했던 아이템이 흘러넘쳤다. 일본으로의 장기 여행은 아직 가보지 못한 새로운 길에 대한 호기심을 끊임없이 선물해 주었다.

어릴 적 소풍 전날의 설렘이 아직도 생생하게 기억난다. 기껏해야 인근 야산이거나 강가 다리 밑 같은 곳이었지만 말이다. 가방에 넣어 둔 과자며 사이다를 소중히 머리맡에 모셔두고 밤새 몇 번을 확인하며 날이 새기를 기다렸다. 누가 깨우지 않아도 알아서 벌떡 일어나 부산을 떨었다. 지금은 해외여행이 익숙한 시절을 살고 있지만, 그때는 경주만 하더라도 졸업여행 때나 돼야 갈 수 있는 시대였다.

가방을 싸서 집을 떠난다는 건 즐거움이기도 하지만 긴장도 되고, 두려움도 있다. 특히 우리처럼 신구세대의 중간에 낀 시대를 살아온 인생들은 자유여행은 왠지 불안해서 못 갔다. 패키지여행은 식상하지만, 배낭을 멜 용기가 없어 깃발만 쳐다보며 따라가는 것에 만족했다. 그렇지만 인솔자를 따라가든, 혼자서 개척을 하든 익숙하지 않은 도시에서 아침을 맞는다는 건 행복한 일이다. 여행이 주는 피로감과 당황스러운 경험은 힘들지만, 금세 또 떠나고 싶어진다.

나는 패키지여행은 되도록 가지 않는다. 패키지는 마치 5G 영화처럼, 실감 나게 잘 짜여진 각본 같다. 정확한 정보와 전문가의 섬세한 관리가 오히려 상상력을 떨어뜨린다. 여행지에서 만나는 예상 밖의 상황에 대한 긴장감이 없다. 두고두고 얘기 나눌만한 사건 사고가 없기에 재밌었던 여행이었지만 자세히 기억에 남지 않는다. 심지어 동남아를 갔다 왔는데 어디였는지 생각이 잘 나지 않는 경우도 생긴다. 하지만 그럼에도 불구하고 자유여행이든 패키지여행이든 여행이 주는 즐거움은 풍성하다고 생각한다.

요즘 한 달 살기가 열풍이다. 주변의 두 가족이 제주도에서 한 달 살기를 하고, 이어서 일 년 살기에 들어갔다. 아이들 때문이라고 하지만, 실상은 부모가 좋아서 떠난다. 일 년까지는 아니더라도, 한 달만 해도 꿈같은 시간이다. 낯선 곳에서의 한 달은 여행을 넘어 삶을 맛보게 된다. 나를 돌아볼 뿐만 아니라 여행지의 삶을 들여다보고 함께 공감할 수 있다. 무대 뒤의 대기실을 경험하는 것과 같다. 여행자의 배낭을 벗고 보는 풍경은 다르다. 다른 감각으로 느껴지고, 자극적이지는 않지만 다른 감동이 전해져 온다.

한 달을 살거나 장기 여행을 하는 것은 우리 인생의 축소판을 경험하는 멋진 기회가 될 수 있다. 기념품이나 맛집을 찾는 대신 마트에서 생필품을 사고, 지도나 안내 책자 없이 동네를 다니고, 이웃 사람들과 익숙한 인사를 나누다가 집에 돌아갈 짐을 싸봐야 한다. '생활인 줄 알았는데 여행이었구나'를 느껴 봐야 한다. 어차피 인생은 장기 여행이다. 정해진 스케줄 없이 자유로운 여행길에서 짙은 안개에 둘러싸인 것처럼 내일이 희미해질 때가 있다. 눈에 보이는 것이 전부인 것 같고 여행의 끝은 없다고 느껴지는 순간도 생긴다. 그게 인생이다. 거기에 정답이 있을 수 없다.

이규형이란 영화감독이 있었는데 일본 전문가로 80~90년대에 대단한 인기를 누렸던 사람이다. 방송국에서 프로그램 개편 때마다 이 사람의 조언을 듣기 위해 찾아다녔다고 한다. (본인의 저서에 그렇게 쓰여 있다) 그가 쓴 책 중에 신주쿠 동쪽 출구에서 찍은 표지사진이 있다. 역을 나오면 ALTA라는 만남의 장소가 있고, 그 왼편에 전철 선로를 따라 영화 포스터가 간판처럼 크게 쫙 이어진 곳이 있는데, 거기를 배경으로 한다. 나도 덩달아 그곳에서 사진을 찍어 보았다. 작가가 살던 동네인 '카미이타바시'란 곳이 바로 내가 있던 곳이기도 했다. 익숙한 골목 풍경이나 가게, 도서관 등 아는 곳을 책 속에서 발견하면 신기하기도 하고 재밌기도 했다. 그러다 문득, 똑같이 바라보는 일상에서 작가는 나와는 전혀 다른, 어쩌면 나는 생각해 보지도 못한 시선을 가졌다는 것을 깨달았다. 그리고 생각했다.

'나는 어떤 시선으로 세상을 바라보고 있는가?'

가능하다면 패키지보다는 자유여행을, 짧은 여행보다는 장기 여행을 추천하고 싶다. 여행은 깊은 사색을 하도록 만들고, 지혜로 이어지게 한다. 그리고 기여운을 남긴다.

여행의 선물은 기념품이 아니다. 진짜 선물은 나를 발견하는 일이며 나를 사랑하는 방법을 알아가게 하는 것이다. 글을 마무리하는 이 순간, 다시 떠나고 싶다는 생각이 간절해진다.

여행을 떠날 각오가 되어 있는 자만이 자기를 묶고 있는 속박에서 벗어나리라

– 헤르만 헤세 –

잊은 듯 지내지만 잊을 수 없는 이야기가 있다

그리고.

14년이 흘렀다.

잊은 것처럼 아무 일 없이 지내지만 잊을 수 없는 이야기가 가슴속에 남아 있다. 아무리 몸부림쳐도 내가 할 수 있는 일이 하나도 없음을 알게 될 때, 깜깜한 터널에서 벽을 짚으며 끝나지 않는 어둠 속을 걸어간다고 느낄 때, 바로 그때야 비로소 겸손해지고, 소중한 것들을 귀하게 여기게 되고, 인생이 호락호락하지 않음을, 또한 멋대로 살아서는 안 되겠다는 생각을 하게 된다. 누구에게나 사연이 있고 아픔이 있다. 하지만 그 시간이 주는 선물 같은 교훈을 발견할 수만 있다면 오히려 축복이 아닌가 싶다.

주안이가 우리 가족에게 주고 간 삶의 지혜가 있다.

고등학생인 주영이가 어떻게 자라기를 바라는지, 우리가 아등바등하며 살아야 할 이유가 무엇인지, 삶의 원리가 보이기 시작했다.

＊

문을 열고 들어서면 비릿한 아기 젖 냄새가 전혀 다른 감각으로, 강하고 급하게 온몸으로 들이켜진다.

'주안이가 이 안에 있구나'

큰 숨 한번 마시고 가늘게 내쉬며 들어선다. 방호복을 입고 마스크를 한 채로 그저 인큐베이터 앞에 서 있다. 무슨 얘기라도 해야겠지만, 목이 막힌 것처럼 침을 삼킬 수조차 없다. 아내가 더 걱정이라 눈치만 살폈다. 호흡기가 부착된 인큐베이터를 어렵게 구했다. 신생아 집중치료실 안에서도 왼쪽에 간호사들이 잘 보이는 곳에 있는 인큐베이터 실. 그 건너편의 요람 속에서 편안히 강보에

싸인 아기들이 있는 쪽으로는 눈길조차 줄 수가 없었다. 말을 걸어 보는 데 삼 일 걸렸고, 웃어 보이는데 그보다 더 많은 시간이 필요했다. 차마 미안해 뒷짐에 숨겨 두었던 카메라를, 일주일 지나 겨우 꺼내 들 수 있었다.

한 번 터진 눈물샘은 좀처럼 마르지 않았다.

미안해서 울고
애처로워서 울고
분해서 울고
고마워서 울고
그리고
감사해서 눈물이 흘렀다.
어릴 적 이유 없이 흘렀던 코피처럼 복잡한 눈물이 그냥 익숙하게 흘렀다.

*

26+3. 생후 21일. 교정 −75일째
26주하고 3일 만에 980그램으로 기어들어 가는 소리로 "앵 ~" 한번 울었다.

'주인 主'에 '어루만질 按'을 써서 출생신고를 마쳤다. 980그램에서 800그램까지 떨어졌다가 다시 1,000그램을 넘겼다. 눈물 같은 모유 1그램을 네 시간마다 기적처럼 먹어낸 일도 감사했다. 호흡기를 뗀 것도 감사했고, 양압호흡기를 다시 달게 되었을 때도 전처럼 무섭지 않아 감사했다. 매일 피검사에, 주사, 링거, 항생제까지 잘 견디고 있는 것도 감사했다.

오후 두 시에서 세 시 사이 면회시간은 낮 열두 시를 넘기면서 어김없이 가슴을 조여 왔다. 면접시험장에 대기하듯 복도 긴 의자에 앉아 있노라면, 화장실도 자주 가게 되고 쓸데없는 한숨은 왜 그리 많아지는지. 그동안 살면서 잘못한 것들을 하나하나 기억해 내고 회개했다.

'지금이라도 용서해 주실 건가요?'

'살려주실 건가요?'

기도하면서 한없이 길게 느껴지는 시간을 부여잡고 견뎠다.

제법 익숙해졌다고 생각했지만, 여전히 가슴이 쿵쾅거렸다. 다른 엄마들과 여러 가지 정보들을 나누며 인큐베이터가 보이는 창문에 쭉 붙어 수다를 떨었다. 아무 말도 못 하고 울고만 있는 초보 엄마를 위로하고, 주안이 자랑도 했다.

"친구들하고 싸우지 말고, 간호사 선생님 말씀 잘 들어"

실없이 농담하고 돌아서는데 또 눈물이 흘렀다.

＊

큰 아이 주영이가 어린이집에서 사고가 있었다. 오른쪽 눈에 쇳조각이 들어가 급하게 병원으로 갔다. 조각은 빼내었지만, 흰자위에 이미 착색이 되어 지워지지 않을 수 있다고 했다. 시력에는 지장이 없다고 하니 그것만으로 괜찮다고 생각했다.

그날은 주안이 눈 수술이 예약된 날이기도 했다.

미숙아망막증으로 양쪽 눈을 수술하고, 잘 되었다고 했지만 가쁜 호흡이 돌아오지 않아 양압호흡기를 다시 하게 되었다. 만성폐질환 판정을 받고 걱정하고 있을 즈음에 선천성심장병이 약물치료만으로는 힘들 것 같다며 수술을 하자고 했다. 호흡기는 오래 할수록 폐나 눈에 좋지 않고 심장 수술은 대학병원으로 가야 한다고 했다.

인큐베이터에서 100일 잔치를 했다. 병원의 배려로 풍선도 붙이고, 보드판에 축하 글도 쓰고, 떡도 돌렸다. 아기가 웃는 모습은 볼 수 없었지만 온 가족이 다 함께 사진도 찍었다.

그리고.

137일 동안의 짧은 사랑을 주고 주안이는 우리 곁을 먼저 떠났다.

*

아내는 긴 휴가를 마치고 출근을 했다. 나도 미루어두었던 일들을 점검하고 아무 일 없었다는 것처럼 또 새롭게 시작을 했다. 남겨두었던 작아진 주영이 옷도 정리하고, 그렇게 일상으로 돌아왔다.

요즘도 어머니 약을 받기 위해 두 달에 한 번씩 그 병원(파티마병원)에 간다. 동관 4층의 신경과와 2층에 있는 순환기 내과를 거쳐야 해서 두 시간은 여유를 가지고 방문한다. 서관 4층 수술실과 3층 신생아 집중치료실은 그 후로는 가보지 못했지만, 병원에 들를 때마다 습관적으로 서관이 있는 왼쪽 복도로 눈이 간다. 병원은 아무 일 없이 돌아가고 있다. 접수부에는 언제나 사람들이 붐비고 무인 정산기 옆에서 노란 조끼를 입은 자원봉사자들의 미소와 손길이 여전하다.

*

고향인 경주 아화에 가면 할아버지 산소가 있다. 명절 때나 벌초 때 그곳에 가면 혼자서 산소 주변을 돌아본다. 나지막이 그리운 이름을 불러본다.

먼 훗날 다 같이 다시 만나게 될 때, 어떻게 살았는지 서로 마주하며 얼굴을 어루만지게 될, 그날을 그려본다.

그날이 그립고, 또 그립다.

누구에게든 아무 말도 하지 말아라.
말을 하게 되면, 모든 사람들이 그리워지기 시작하니까.

- 「호밀밭의 파수꾼」 중에서 -

2. 아직 늦지 않았어, 시간은 충분해

이미 늦은 것도 아니고, 너무 이른 것도 아니다

대구 동성로에 있는 헤럴드 외국어 학원에서 처음 일본어를 배우기 시작했다. 에너지 넘치고, 목소리 카랑카랑했던 강경미 선생님에게 히라가나부터 배웠다. 혼나지 않는 날이 없었다. 아르바이트를 마치고 저녁 시간, 지친 상태로 수업을 들었다. 예습, 복습은 고사하고 숙제도 안 해 갔으니 제대로 따라갈 리가 만무했다.

문법 과정은 6개월이었지만 거의 일 년이 걸렸다. 무슨 일이든 결국 성공하게 되는 가장 단순한 비법은 '포기하지 않는 것'이란 걸 그때 알았다. 훗날 일본어 강사 시절, 매달 평가항목 중에 '재등록률'이란 게 있었다. 학생 숫자와 상관없이 재등록을 얼마나 했는가를 봤다. 여기서 항상 높은 점수를 받았다. 수업 시간에 늘 강조했기 때문이다. "잘 하고 싶으면 무조건 등록해라", "시험 기간이라서 빼고, 방학이라서 빼고 이렇게 한두 달 빠지면 다시 처음부터 해야 한다"고 경고했다. 물론 필요에 따라 보강도 해 준다고 달래기도 했다. 당시만 해도 학생들이 순진하던 때라 제법 통했던 것 같다. 근데 이게 그냥 던지는 말이 아니었다. 처음 수업을 시작하면 빨리 익히는 학생이 항상 있다. 하지만 문법 수업을 마치고 회화반으로 넘어갈 때도 그 친구가 늘 빠른 것은 아니다. 포기하지 않고 한 발 한 발 가는 것만큼 확실한 것은 없다.

학원 생활 중 있었던 재미난 얘기가 생각난다. 수업 중에 엉뚱한 질문을 하는 친구들이 있다. 가끔은 나도 정확하게 대답하기 어려운 질문을 받을 때가 있다. 이때는 당황하지 않고 잘 받아쳐야 한다. 내가 주로 쓰던 방법은 간단했다.
"너 지금 가르쳐 준거는 다 이해하고 그런 질문하는 거야? 그 문제에 대해서 내일까지 네가 한번 알아봐!"
일단 태연하게 큰소리부터 치고는 나중에 제대로 알아보는 방법이다. 그때는 지금처럼 인터넷 검색엔진이 있지도 않았고, 일본 문화가 개방되지 않은 때라 어디 알아볼 데가 없던 시절이었다. 요즘이라면 대화하는 중에도 내용이 맞는지를 금방 확인할 수 있겠지만 말이다. 그 시절이 가끔 그립다. 정이 간다. 빠른 세상이 희망을 준다기보다는 오히려 속박처럼 느껴진다.

일주일에 두 번 정도 걷는다. 운동도 되지만 여러 가지 생각을 정리하기에 걷기만큼 좋은 게 없다. 집을 중심으로 몇 개의 코스를 짰다. 집에서 출발해 대덕산의 진밭골 정상까지 갔다 오거나, 월드컵 경기장을 크게 한 바퀴 돌아오면 두 시간 반 정도 걸린다. 아니면 수성못을 돌아 대구은행 본점을 거쳐 만촌 네거리까지 돌면 세 시간 정도 걸린다. 그것도 아니면 발길 닿는 대로 무작정 걷기에 들어가기도 한다. 평소에도 웬만하면 차를 두고 걷거나 대중교통을 이용하는 편이다. 익숙해지니 나름대로 재미가 있다.

사람들과 걷는 얘기를 하다가 제주도 올레길 얘기가 나왔다. 같이 걷자는 친구를 만나 코스를 짜기 시작했다. 올레길을 돌 때는 지켜야 할 것이 있다고 한다.
'하루에 한 코스씩만 돌 것'
'한 번에 세 코스 이상은 돌지 말 것'
대부분 쉬운 코스라 잘 하면 하루에 두 코스씩 해치울 수 있을 것 같았다. 하지만 다시 생각해 보니 그게 아니었다. 목적이 완주 스탬프라면 모를까, 제주의 바람과 소리, 멋진 풍광을 봐야 할 시간에 빠른 완주만을 목표로 달리다시피 할 거라면 차라리 러닝 머신이 나을지도 모를 일이다. 어쩌면 우리 인생도 마찬가지라는 생각이 든다.

규슈에는 〈히타〉라는 소도시가 있다. 예쁜 상점이 많긴 하지만 유후인만큼 화려하지는 않다. 에도 시대의 옛 거리가 멋스럽기는 하지만 교토에 비할 정도는 아니다. 처음 그곳에 갔을 때 반했던 캠페인이 있다.
'히타 – 천천히 걷기'

가끔은 분주한 마음을 내려놓고 천천히 걷고 싶다. 빠르게 진화하는 세상에서 '천천히'가 주는 지혜를 배우고 싶고, 자족하는 삶을 통해 세상과 비교하면서 불안해하지 않고 싶다. 나만의 속도로 인생의 스탬프를 찍어 나가고 싶다.

〈침묵〉이라는 영화를 봤다.
영화의 주된 메시지는 아니었지만, 유난히 기억에 남는 대사가 있다.
"너 정말 돈이면 다 된다고 생각하는 거야?"
"돈이 진심입니다"
돈이 전부는 아니지만 돈 만한 게 없다는 얘기에 웃었던 기억이 난다. 정말 그럴까. 빠를수록 좋고, 많을수록 좋을까. 목적을 위한 수단으로, 필요한 만큼 지니고 있는 것이 가치가 있고 축복이지 않을까 생각한다.

다들 빠르게 달리고 있는 세상에서 문득, 멈추어 서서 '여기가 어딘가?' 둘러본다. 이 방향이 맞는지, 달리면서 놓친 게 무엇인지, 함께 뛰었던 동료들은 어디에 있는지 살펴본다. 모두 생각이 같을 수야 없겠지만 나는 나의 신념으로 살아가고 싶다. 건강을 위해 운동도 하고, 돈을 벌기 위해 궁리도 하겠지만, 결국에는 인생을 멈추어야 할 때가 반드시 온다는 것을 잊지 않고 싶다. 혹시 내가 모은 스탬프가 아무런 위로가 되지 않는다 하더라도 '후회하지 않을 삶'을 경주하고 싶다.

태어나면서부터 현명한 사람은 없다

- 미겔 데 세르반테스 -

뉴욕은 캘리포니아보다 3시간이 빠릅니다.

그렇다고 캘리포니아가 느리다는 것은 아닙니다.

누군가는 22살에 대학을 졸업하지만 확실한 직업을 얻기까지 5년을 기다립니다.

누군가는 25살에 CEO가 되지만 50살에 생을 마감하기도 합니다.

누군가는 50살에 CEO가 되지만 90세까지 살아가기도 합니다.

누군가는 아직 미혼이지만 다른 누군가는 기혼자입니다.

오바마는 55살에 퇴임했지만 트럼프는 70살에 취임하였습니다.

이 세상 모두는 자신들의 시간대를 기준으로 일합니다.

당신 주변 사람들이 당신을 앞지르는 것처럼 보일 수도 있고

다른 사람들은 당신보다 뒤처지는 것처럼 보일 수도 있습니다.

그들을 시기하지 마세요.

그들을 조롱하지 마세요.

그들은 자신들만의 시간대에 있고 당신은 당신의 시간대에 있는 것입니다.

인생은 행동할 적절한 시간을 기다리는 것입니다.

이미 늦은 것은 아닙니다.

너무 이른 것도 아닙니다.

당신은 당신의 시간을 살아가고 있는 것입니다.

– 레딧(Reddit)에 올라온 글 / 작가 미상 –

오팔세대, 새로운 시작을 위하여

초등학교 때부터 친하게 지냈던 친구가 갑자기 세상을 떠났다. 운전 중에 전화를 받고 고속도로 휴게소로 들어가 한참을 울었다. 친구들에게 전화를 돌리면서 차마 입이 떨어지지 않아 한숨만 쉬었다. 깊은 곳에서 올라오는 감정을 누르고 또 눌렀다. 냉정해지려고 노력했지만 그럴 수 없었다. 울고 있는 가족을 어찌 볼지, 남은 아이들을 어떻게 할지, 친구의 영정을 마주할 자신이 없었다. 지난 세월이 창밖의 풍경처럼 순식간에 지나가고, 남은 날들을 감당하게 될 가족과 가족처럼 지냈던 친구들 걱정이 밀려왔다.

잠시 혼란스러웠다. 여기가 어디인지, 어떻게 살아갈지 갑자기 기억을 잃어버린 것처럼 멍해졌다. 노후 준비, 사업, 여러 가지 계획들이 부질없는 꿈처럼 느껴졌다. 삶에 대한 고민과 죽음에 대한 생각들을 안고 여러 날을 걷고 또 걸었다. 그러다 다시 돌아와 앉았다.

새로운 시작을 꿈꾸고 있다. 이대로라면 인생 후반전을 어떻게 살아갈 것인지, 마지막 죽음 앞에서 얼마나 당당히 서 있을 수 있을지 자신할 수가 없다. 돈, 명예, 건강이 아무리 탄탄해도 소망이 없으면 끝이다. 그것들은 늘 최종 목적처럼 여겨지지만 단지 수단일 뿐임을 알고 있다. 좋은 대학을 가는 것보다, 대기업에 취직하는 것보다, 비싼 차나 집을 갖는 것보다 더 의미 있고 근본적인 삶을 살아야 한다고 얘기하고 있다. 더 나이 들기 전에 인생의 최종 목적을 발견한다면 이 또한 행복한 삶이지 않을까. 짐 엘리엇이 말했다.

"결코, 잃어버릴 수 없는 것을 얻기 위해 지킬 수 없는 것을 버리는 자는 절대 어리석은 자가 아니다"

오래전에 같이 공부했던 분 중에 예순이 넘어 일본어를 시작하신 분이 있었다. 회화반 수업 시간 중 자신의 계획에 대해 발표할 때, 자기 차례가 되자 확신에 찬 눈빛으로 이야기를 이어나갔다.

"일 년 정도 더 공부하고 일본으로 유학을 갈 겁니다. 거기서 미용전문학교를 졸업하고 한국에 돌아와서 그와 관련된 일을 하고 싶습니다"

일 년만 늦어도 인생이 뒤처졌다고 좌절하는 세상에서 진짜 용기를 배우는 시간이었다.

최영미 시인의 「서른 잔치는 끝났다」와 그 무렵 좋아했던 노래, 김광석의 「서른 즈음에」가 생각난다. 서른이 되기 전에 실없이 흥얼거리면서, 서른이라는 나이가 주는 무게감을 어설프게 느끼고 있었다. 그때는 뭔가를 이루거나 미래가 결정되지 않으면 안 된다는 중압감이 있었던 것 같다. 그리고 십 년이 지나, 마흔이 다가올 때는 세상이 이대로 끝이라도 날 것 같은 심정이었다. 전혀 준비되지 않기는 서른이나 마흔이나 다르지 않았다. 모든 꿈과 비전은 마흔을 기점으로 유통기한이 끝나 버릴 거라는 두려움이 있었으며, 그런 나의 조바심과는 달리 그날은 예상보다 빨리 찾아왔고, 또 그렇게 지체 없이 지나갔다. 문득, 돌아보니 오십이 훌쩍 넘어 있다. 그냥 살던 대로 익숙하게 살았구나 하는 생각이 든다. 이렇게 살다가는 육십도 다르지 않게 지나갈 것 같다.

〈오팔세대〉가 뜬다고 한다. 오팔이라고 부르는 보석은 단백석 결정 하나에 모든 보석의 색을 보여 준다. 뮤지컬에 비교하면, 그 안에 연극적 요소, 발레의 기교, 오케스트라의 연주나 성악의 깊이가 함께 녹아있다. 오팔은 보석이 가질 수 있는 아름다운 색을 다 품은 완벽한 보석이라고 한다. 그래서일까, 중년도 아니고 노년도 아닌, 할아버지도 아니고 아저씨도 아닌, 신중년이라는 의미도 함께 담겨 있다. (58년 개띠를 뜻하기도 한단다) 정확한 의미는 '활기찬 인생을 살아가는 신 노년층'(Old People with Active Live)이란 뜻으로 2002년 일본에서 처음 소개되었다.

오팔세대는 각자의 방식으로 살아갈 것이다. 자신의 인생을 〈욜로〉라는 표현처럼 스스로를 위해 소비하며 살든지, 아니면 삶에 대한 깊은 의미를 끊임없이 돌아보며 남들과 더불어 살아가려고 애쓰든지, 정답은 없다. 하지만 내가 어떻게 살고 싶은지는 분명하다.

하고 싶은 것이 생겼다. 지금까지 이런저런 핑계를 대며 외면하다 이제야 시작해본다. 글을 쓰는 것이 목표였다면 지금은 다르다. 꾸준히 글도 쓰고 책도 내며, 그리고 내가 살아가는 인생 얘기를 나누고 싶다. 사람들에게 선한 영향을 끼치고 싶다. 그런 삶을 위해 필요한 돈도 벌고, 건강도 챙겨야겠다. 이런 생각을 하고 있으면 가슴이 뛴다. 겨우 인생의 절반을 살았는데, 이렇게 빨리 깨달음이 생긴 것은 행운이다.

나는 소망한다.
내가 쓰는 글처럼 살아갈 수 있는 용기가 생겨나기를.
결정해야 할 순간마다 용기의 힘을 발휘할 수 있기를.
인생 후반전을 내가 꾸는 꿈처럼 살아낼 수 있기를.

3. 다섯 시의 남자

초원에서 만난 인생

출장으로 외국을 자주 다니면서 늘 아쉬운 것이 있었다. '혼자 떠나면 얼마나 좋을까'하는 것이다. 항상 일행이 있었고 어느 나라로 떠나든 가이드 본능이 되살아나 준비하고 계획하고 챙기는 일을 도맡아 하던 탓에 출장이나 여행을 온전히 즐기는 것이 어려웠다. 이번만큼은 꿈꾸던 일정이다. 먹고 자고 걷고, 밤이면 게르에서 쏟아지는 별을 마음껏 보게 된다는 사실만으로 가슴이 뛰었다.

십 년 전에도 몽골을 방문했었다. 봉사활동으로 가서 일주일간 전기공사와 난방공사 일을 끝내고 마지막 1박 2일을 태를지 국립공원으로 짧은 여행을 했다. 말을 타고 초원을 두 시간 넘게 달리고 게르에 돌아와 허르헉(양고기를 커다란 찜통에 넣고 각종 채소와 함께 3-4시간 정도 찌는 몽골 전통 요리)을 먹었다. 솥에 함께 넣어 데워진 조약돌로 손을 먼저 소독하고 맨손으로 양고기를 뜯어 먹었다. 그 맛은 이제 기억나지 않지만, 그때의 이국적인 풍경은 생생하게 남아 있다.

살다 보면 누구나 지칠 때가 있지 않나. 그럴 때마다 나는 태를지 국립공원에서의 밤하늘을 떠올리곤 했다. 석탄 화로 주변으로 침대가 늘어져 있고 중간에 테이블 하나만 있는 단출한 게르, 한밤중 자다 일어나 화장실 가는 길에 마주하게 된 별들은 그야말로 눈부시게 아름다웠다. 지금껏 어딘가로 도망가고 싶을 때마다 그날을 떠올리게 된다. 그 장면을 다시 만나기 위해 십 년 만에 칭기즈칸 국제공항으로 날아왔다.

＊

〈몽골 초원 트레킹〉

처음 여행광고를 보는 순간 운명을 만난 듯했다. 두 달 전, 이미 예약을 마쳤다. 처음엔 설렘이나 기대감에 들떴지만, 차차 덤덤해졌다. 그러다 여행이 일주일 앞으로 다가왔을 때 가슴이 뛰기 시작했다.

트레킹을 위해서 몸을 만들어야겠다고 생각하고 계획을 세웠다. 매일 러닝머신 한 시간씩 뛰고, 웬만한 거리는 걸어 다니고, 식사도 건강식으로 바꾸고, 근력운동을 번갈아 하기로 했다. 한발 더 나아가 내년에는 중국의 장가계를 걸어서 돌고, 다음에는 드디어 네팔까지 갈 계획을 세웠다. 하지만 두 달 동안 머리나 입으로는 최선을 다했지만, 몸을 다지는 일은 각오로만 끝나고 말았다.

*

새벽 5시, 김해공항으로 출발했다. 혼자서 한산한 고속도로를 운전하는 것은 즐거움이다. 음악도 없고, 대화도 없다. 달콤한 커피 한 잔이면 순식간에 깊은 사색으로 빠져들 수 있다. 이미 여행은 시작된 것이다.

책을 몇 권 챙겼다. 자리를 잡고 작은 배낭에 넣어 둔 「걷는 사람 하정우」를 꺼냈다.

"좋은 작품은 좋은 삶에서 나온다. 좋은 작품을 만들기 위해 건강한 삶을 살려고 노력 중이다"

정말 멋지지 않은가. 이 배우의 영화가 다시 보고 싶어졌다. 계속해서 걷는 얘기만 하고 있으니 덩달아 노곤하다. 마음은 이미 하루 삼만 보씩 함께 걷고 있었다.

칭기즈칸 국제공항이다. 도착부터 비가 내린다. 분무기로 뿌리는 것처럼 가늘게 날린다. 승합차의 지저분한 유리를 통해 도시 전체가 온통 회색빛으로 다가온다. 들뜬 여행의 마음이 차분해진다. 첫날은 늘 피곤하다. 새벽부터 움직였고 전날은 잠을 제대로 잘 수 없었다. 비행기에서 자면 된다고 생각했지만 그러지 못했다. 편한 복장으로 책 한 권 들고 로비로 내려왔다. 방에서는 도무지 알아들을 수 없는 TV만 시끄럽게 돌아가고 있다. 오늘 도착했지만, 장기 투숙객의 포스를 풍기면서 여유를 부려 본다. 호텔에서는 방보다 로비가 더 재미있다. 다양한 여행객들의 여러 표정을 볼 수 있고, 잠시만 관찰해도 사람들의 인생에 대해 나만의 소설을 쓸 수도 있다. 첫날은 일정상 울란바토르의 호텔에서 편안하게 잘 수 있었다.

＊

18km 산행을 했다. 호텔에서 1시간 30분 동안 비포장도로와 비포장 같은 포장도로를 달려 벅드칸산맥 입구의 만춰르사원에 도착했다. 차가 얼마나 흔들렸는지 만보계를 찼다면 오만 보는 찍었을 것 같다. 차에서 내릴 때는 이미 산행을 마치고 하산하는 몰골이었다. 정갈하게 준비한 점심 도시락은 얼마나 흔들렸는지 비빔밥이 되어 있었다.

최근 비가 많이 온 탓에 시작부터 진흙 길에 얕은 개울이다. 출발한 지 30분 만에 등산화는 완전히 젖었고 몸도 서서히 자연에 동화되어 갔다. 우리와는 다른 수종의 숲과 드넓은 초원, 천지가 야생화인 장관은 등산의 고단함을 잊어버리게 했다. 산행 초입에서는 감탄해서 사진도 찍고 호들갑을 떨다가, 나중에는 초원의 끝없는 야생화 군락지에 익숙해진 탓인지 웬만한 건 눈길도 가지 않았다.

등산 한지 너무 오래되었고, 몸무게는 정점을 찍고 있다. 이 상태로는 가벼운 앞산만 갔다 와도 스스로가 얼마나 대견할지 모를 마당에 첫날부터 해발 2300m를 준비운동도 없이 덤빈 셈이다. 겨우 살아서 내려왔다. 사진으로는 도무지 담아낼 수 없는 감동이 다리와 어깨의 고단함을 이겨내고 끝내 돌아오게 했다. 마음을 비우려고 시작한 여행이었는데 가슴 가득한 감동이 삶을 더 깊이 있게 살라고 요구하는 것 같다.

＊

중학교 시절 「리더스 다이제스트」라는 잡지가 있었다.

한 꼭지가 끝날 때마다 맨 밑에 명언이 하나씩 적혀 있었는데 그게 그렇게 멋있을 수 없었다. 항구에 정박해 있는 배는 안전하다. 그러나 배는 항구에 묶어 두려고 만든 것은 아니다. 뭐 이런 것들이다. 지금은 스마트폰을 열기만 해도 감동적인 글이며, 영상이며, 잠언이 숨도 쉬지 않고 펼쳐지는 시절이다. 이제는 명언만으로는 감동을 찾기 어렵다. 글의 문제가 아니라 무뎌진 내 마음의 문제다.

태를지 국립공원의 게르에 앉아 시원한 바람 속에서 비현실적인 초원과 말달리는 소리, 소 울음소리, 풀벌레 소리, 그리고 야생화들의 흔들림과 함께 하고 있다. 이 속에서 책을 읽노라면 글은 다른 모습으로 다가온다. 지혜가 있고 힘이 느껴진다. 리더스 다이제스트의 명언이 의미를 지닐 수 있도록 좀 더 세밀하게 삶을 살고, 좀 더 깊이 고민해야겠다. 눈이나 머리로 이해하는 데는 찰나의 시간이면 충분하겠지만 가슴으로 이해하기까지는 깊은 묵상과 성찰이 필요하다. 언제 어디서나 좋은 글을 만나면 가슴이 먼저 반응할 수 있기를 기도한다.

*

야생화가 끝없이 흩어져 있고 전나무가 하늘을 덮을 만큼 빼곡히 펼쳐진 곳을 지날 때는 벌거벗고 온몸으로 자연을 받아들이고 싶었다. 산 중턱에서 난데없이 말들이 떼를 지어 달려올 때는 사진 하나 남겨 보겠다고 허둥대기도 했다. 그렇게 야마트산 정상에 올랐다. 칭기즈칸이 전쟁을 나서기 전 들른다는 신전 앞으로 한눈에 펼쳐진 자연의 경관을 사진으로 전달하기에는 도무지 불가능해 보인다. 선글라스를 벗고 경건한 마음으로 한참을 눈에 담아본다.

산행을 마치고 게르로 돌아와 발코니에 앉아 책을 읽고 있다. 내 인생에 이 같은 호사가 또 있을까 싶다. 책 읽고 글 쓰고 차 한 잔 마시면서 초원을 바라보고, 말들을 보고 끝없는 야생화를 보면서, 또 책을 읽고. 저녁 먹고 쉬는 이 시간이 마치 천국과도 같다. (진부한 표현이지만 달리 이 이상 설명할만한 표현이 생각나지 않는다)

*

밤부터 내리던 비가 그치지 않는다. 새벽, 잠에서 깨었을 때 게르 위로 떨어지는 빗소리가 참 운치 있다 싶었다. 화창한 초원도 멋있지만 대지를 촉촉이, 조용히 적셔 주는 비도 감동이다. 일어나 보니 바닥에는 귀여운 벌레들이 밤사이 부지런히 돌아다닌 듯하다. 여기서는 벌레들도 친근해 보인다. 잘 때 귀로 들어갈지 모른다고 해서 휴지를 뭉쳐 막고 자긴 했지만 무섭다거나 혐오스럽지 않다. 며칠 만에 자연에 순응한 것인지도 모르겠다. 침대서 내려올 때는 혹시 밟지는 않을까 조심하게 된다.

구름은 산 중턱까지 내려와 있고 어스름한 새벽이라 빗소리가 아니었으면 비가 오는지도 모르게 초원은 어제와 다름없이 평온하기만 하다. 말이나 소는 비가 온다고 허둥대지도 않고 그저 제 일만 한다. 비는 점점 요란해졌지만 넓은 대지는 묵묵히 모두 받아내고 있다. 8월의 대구는 열대야에 폭염 경보까지 내렸지만, 이곳은 외투 하나로는 부족해 티셔츠에 남방, 등산용 바람막이까지 입고서야 야외 테이블에 앉을 수 있었다.

대자연의 위엄 앞에 서면 왜 눈물이 나는지 조금은 알 것 같다. 나를 돌아보게 된다. 나 자신에게 솔직해지는 것 같다. 겸손하게 살아야지, 성실하게 살아야지, 다짐하게 만든다. 함께 했으면 좋았을 가족 생각이 간절해진다.

*

울란바토르 시내는 이미 익숙한 도시로 변해 있다. 빌딩이 들어서고 노래방이며 술집이 관광객을 노리고 있다. 하지만 한 시간만 달려가면 그때의 초원은 거기 그대로 있다. 2009년 6월 태를지 국립공원에서 만났던 밤하늘의 별은 계속해서 나를 불렀고 꿈꾸게 했다. 10년 만에 다시 몽골의 초원을 원 없이 걸었다. 꿈같은 야생화 군락이 끝없이 펼쳐져 있고, 말이며 소들이 자유롭게 방목되어 있는 곳. 게르에서 만난 할머니의 따뜻한 정과 아이들의 천진난만한 모습을 보면서 다시 오길 참 잘했다고 스스로를 칭찬했다.

꿈같은 시간이 흐르고 다시 칭기즈칸 국제공항이다. 드넓은 초원과 새파란 하늘.
'창공의 나라 몽골'에서의 며칠은 물리적인 시간으로의 '며칠'이 아니다. 내 인생
에 흔적을 남겨 깊은 세월로 이어지게 한다. 초원과 별을 뒤로하고 이제 치열한
인생으로 가는 게이트 앞에 대기하고 있다. 언젠가는 또다시 찾을 날이 오겠지.
이번 여행 이후의 삶을 복기할 날이 오겠지.

그날이 기다려진다.

영하 27도, 세상과 마주한다

'시베리아 횡단 열차와 바이칼 호수' 이름만 들어도 가슴 설레는 곳.
지금 블라디보스토크의 호텔에서 내일 만날 열차를 꿈꾸며 잠 못 들고 있다. 어릴 적 첫 소풍 떠나는 아이처럼 열차에서 먹을 식량 보따리를 침대 밑에 두고 뒤척이고 있다. '가보면 별거 아니다'라고 할지 몰라도 어릴 적 그 아이가 그랬던 것처럼, 나의 가슴은 뛰고 있다. 빨리 시베리아의 끝없는 하얀 들판과 마주하고 싶다. 바이칼 호수의 청아한 얼음 위에 누워 보고 싶다. 3등 칸 열차에서 미치도록 심심해져 보고 싶다.

아침 7시 30분이지만 여전히 까만 밤이다. 전날 함께 기차를 탔던 러시아 아저씨는 차장 몰래 보드카 한 병을 다 마시고서야 겨우 쓰러져 잠들었다. 새벽에 어딘가에서 내리는 걸 잠결에 느꼈지만, 인사는 하지 못했다. 두고 간 초콜릿과 슬라이스 햄이 시골 어르신들의 정(情)처럼 테이블에 놓여 있다. 집에 가져가야 할 가방 안의 것들을 계속 내어놓는 걸 겨우 말렸었다.

끝없는 자작나무의 행렬을 본다. 자작나무와 눈과 철길을 따라 이어지는 전신주들이 같은 자리를 맴도는 듯 착각하게 만든다. 늦은 해가 뜬다. 블라디보스토크에서 출발해 시차가 두 번이나 바뀌었다. 이미 시간은 제 방향을 잃은 것 같다. 배가 고프면 뭐라도 먹으면 되고, 잠이 오면 누우면 된다. 책을 읽어도 되고, 다운 받아온 영화를 보거나 게임을 할 수도 있다. 뭐라도 하든지, 아무것도 하지 않든지 선택하면 된다. 인생에 낯선 쉼표가 생겼다.

정복을 입은 군인 세 명이 치타역에서 내렸다. 아직 앳되어 보이는 소년, 소녀들이다. 눈만 마주쳐도 수줍게 웃는다. 말은 통하지 않지만 지니고 있던 과자 몇 개 덕에 지날 때마다 반갑게 눈인사를 나눌 수 있었다. 열차는 블라디보스토크에서 이르쿠츠크까지 가는 길의 가장 큰 역인 치타역에 도착했다. 역에 도착하기 한 시간 전부터 이들은 분주해지기 시작했다. 누웠던 침구를 정리해 차장에게 반납하고, 옷을 갈아입고, 화장실을 들락거리며 단장을 했다.

군 복무를 마치고 제대를 하는 것이었다. 영하 27도의 엄청난 추위에도 불구하고 플랫폼에서 온 가족이 이들을 기다리고 있었다. 간식거리라도 살 겸 해서 뒤따라 내리면서 이들의 재회를 목격했다. 순진한 앳된 아이의 얼굴에서 어떻게 저런 깊은 울부짖음이 터져 나올 수 있는지, 서로를 부둥켜 안아가며 울고 있었다. 아니, 소리 지르고 있었다. 군대를 제대한 지 이미 30년은 지났지만, 그 모습 속에서 오래전의 감정이 되살아났다.
'얼마나 좋을까, 얼마나 행복할까, 저 자유가 얼마나 그리웠을까'
새벽에 깨어 2층 침대에서 어두운 철길을 바라보자니 그 모습이 다시 떠오른다. 나도 모르게 눈시울이 붉어진다.
'참 잘 됐다, 가족을 다시 만나서'

아직 20대지만 3년째 세계여행을 다니고 있는 청년을 만났다. 딱 봐도 장기 여행자의 포스가 넘친다. 자유롭지만 지저분하지 않은 수염에 질끈 묶은 머리, 몸 여기저기에 동남아 골목에서 남긴 타투가 눈에 띈다. 표정에는 '여긴 뭐가 재미있을까?' 하는 장난스러움이 가득 차 순식간에 낯선 경계를 풀어 버린다. 이 열차를 타기 전, 산티아고 순례길을 돌았다고 한다. 히말라야 트레킹, 인도, 동남아시아 여러 여행지의 얘기들을 무심한 듯 툭툭 던진다. 아직 서른이 되지 않은 나이에 자기 인생을 자기 뜻대로 살아가는 용기가 부러웠다.

여행지에서 만난 사람들은 각자 자신만의 에너지를 가지고 있다. 그래서 얘기를 나눌 때마다 조금씩 물들게 된다. 선한 영향을 받게 된다. 나이가 어리거나, 경험이 적거나 그런 것은 문제가 아니다. 자기만의 철학을 가지고 살아가는 사람은 누구에게나 영향을 끼치는 삶을 산다. 여행지에서는 비록 짧은 만남이지만 깊은 교제가 가능하다. 마음이 열려 있기 때문이다. 이러한 여행의 추억은 살아가면서 길을 잃었다고 생각될 때마다 좋은 나침반이 되어준다.

'이대로 모스크바를 거쳐 벨라루스를 지나 슬로바키아, 루마니아, 불가리아를 거쳐 이스탄불의 터키에 들어가는 거야!'
'아니면 벨라루스에서 슬로바키아, 체코를 지나 베를린에서 프랑스 파리를 거쳐 스페인으로 넘어가거나!'
비록 구글 지도로 떠나는 여행의 꿈이지만 멈출 수 없는 유희가 된다. 상상을 거듭하다 보면 언젠가는 현실의 티켓을 쥐게 되지 않을까. 더 나이가 많아져 제대로 된 호텔이 아니면 안 될 상황이 되기 이전에, 배낭을 견딜 수 있는 체력이 아직 남아 있는 동안에, 현실의 압박이 내 꿈을 포기하게 만들기 전에, 그 길 위에 서고 싶다.

이 기차가 저들에게 어떤 추억으로 남을지, 여기 타고 있는 많은 사람은 또 어떤 의미가 될지, 함께 가고 있지만, 각자의 인생을 저마다의 방향으로 달리고 있다. 정해진 레일 위를 달리지만, 모두 자유로운 여행자들이다. 이 새벽, 열차는 어느 작은 역에 정차하고 누군가는 내리고 또 새로운 여정의 누군가를 태우고 있다. 오늘 저녁이면 이르쿠츠크에 도착한다.

역에서 나와 오래된 전차에 올랐다. 창밖은 블라디보스토크와는 다른 러시아의 풍경을 보여 준다. 숙소 근처에 있는 북한식당에서 저녁으로 '고려국시'를 먹었다. 긴 기차 여행으로 몸은 무거웠지만, 정신은 점점 더 또렷해져 간다.

바이칼 호수를 만났다. 소감을 어떻게 적어야 할지 모르겠다. 날리는 눈 입자들이 햇살에 반짝거리며 마치 크리스마스 장식 구슬 속에서 돌아다니는 눈가루처럼 천지에 흩어지고 있었다. 이런 광경을 한 번도 본 적이 없으니 설명하기도 힘들다. 휴대전화 카메라로는 제대로 담아낼 수 없어 답답하고 절망감마저 들었다. 과연 얼마나 오래 기억할 수 있을까, 사진을 보면서 얼마나 감동을 살릴 수 있을까. 이렇게 깨끗한 공기도 실로 오래간만이고, 이렇게 청명한 햇살도 감사할 일인데, 바이칼 호수의 숨 막히는 장관이라니. 깡깡 얼은 호수 위를 한참을 걷다가 추워서 카페에 들어서지만, 곧 다시 호수로 나가게 된다. 내가 본게 맞는지 설레는 마음으로 금방 또 확인하고 싶어졌다.

이곳에서 웬만한 화장실은 거의 유료다. 우리 돈 200원 정도면 거짓말처럼 깨끗한 화장실을 이용할 수 있다. 4, 5칸 정도 있는 개별 화장실 문 앞에서 나름대로 예쁘게 장식한 카운트에 앉아 여유롭게 홍차를 마시며 요금을 받는 고상한 여성분을 만났다. 화장실 사용료를 받고 있지만 마치 특급호텔 프런트에서 고객을 상대하는 것 같은 여유가 느껴졌다. 바이칼 호수를 등에 지고 관광 안내 겸 버스 티켓을 판매하는 여직원도 보았다. 버스 기사와 나누는 대화를 보면서 그 말투나 표정에서 자신의 일을 얼마나 따분하고 하찮게 여기는지 느낄 수 있었다. 유료화장실에서의 우아한 모습을 발견하기도 힘들겠지만, 바이칼에 대한 감동이라곤 전혀 찾아볼 수 없는 여직원의 모습도 희한했다. 정말이지 관광객의 감성에는 눈곱만큼도 공감하지 않고 있었다.

내가 무엇을 누리고 살아가고 있는지 의미를 부여하게 된다면 세상을 좀 더 다르게 바라보지 않을까. 공용 화장실을 자신만의 아름다운 세계로 만들어 가는 여성분이나 수많은 사람의 버킷리스트를 동네 강아지 쳐다보듯 하는 여직원이나 우리는 저마다의 눈으로 세상을 바라보고 있다. 호수만큼 깨끗한 화장실과 그에 비해 지루한 관광안내소의 반전을 보면서 어디에 있느냐보다 어떻게 마주하고 사느냐가 더 중요하다는 사실을 새삼 느꼈다.

여행은 끝났지만, 짐들은 아직 다 정리되지 않은 채 거실에 남아 있다. 시베리아 횡단 열차는 이미 추억이 되었고, 바이칼 호수도 사진 속에서 그 감동이 옅어지고 있다. 또 이렇게 인생의 한 페이지를 넘긴다. 인생 마지막에 누군가 '살아 보니 별거 아니다'라고 얘기할지도 모른다. 하지만 나는 별거 아니게 살고 싶지 않다. 하나님 앞에 서는 그날까지 여전히 이상(理想)을 노래하는, 꿈꾸는 청년이고 싶다.

《 동행 》

이번 여행은 딸과 둘이서 다녀왔다.

딸과 여행을 떠난다는 건 썩 훌륭한 계획으로 보이지 않을 수도 있다.

더구나 "고2"라는 예측 불가능한 행성에서 온 인생과 둘이서 말이다.

딸은 생각이 많아졌다. 창밖을 바라보는 눈에서 사색이 느껴진다. 방학 때 푹 자고 나면 키가 크듯이 요란하지 않은, 잔잔한 여행이 아이를 성장시킨다. 지금껏 알지 못했던 문장들을 수집하고, 인생의 퍼즐을 맞추면서 그렇게 여행이 주는 지혜를 배우고 있다. 같은 열차를 타고 같은 계절을 보고 왔지만, 나는 나의 길이 있고, 딸은 또 다른 자기만의 여정이 있다. 부디 신나는 인생을 개척해 나가기를 바란다.

운동을 좋아하지는 않지만

일본 출장 갔을 때 일이다. 파트너 회사가 요코하마에 있다. 직원도 대부분 잘 알고 친하게 지낸다. 한 번은 사무실 사람들과 단체 회식을 하면서 TV로 야구 경기를 관람했다. 경기는 인근에 있는 요코하마 베이스타디움에서 열리고 있었다. 5회까지 5대1로 지고 있다가 8회 말에 동점까지 갔다. 마지막 연장 10회에 굿바이 2점 홈런을 날리면서 난리가 났다. 분위기는 거의 월드컵 4강 진출이다. 나는 상대 팀 이름도 모르고, 요코하마 팬도 아니었지만, 홈런을 쳤을 때 같이 소리 지르고, 건배하고, 흥분했다. 경기가 끝나고 밖으로 나오니 밤 11시가 넘었다. 다음 장소로 이동하는 걸 뒤로 하고 호텔로 돌아왔다. 딱 거기까지였다. 그리고 야구는 잊어버렸다.

운동을 좋아하지 않는다. 특히 승패에 관심이 없는 편이다. 싫어할 이유는 없지만 누구나 취향이란 게 있다고 생각한다. 프로야구가 몇 팀인지조차 정확하게 모르고, 월드컵 때도 가슴 졸이면서 보기보다는 차라리 다른 방송을 보는 편이다. 물론 궁금해서 결과는 알아본다. 군대 있을 때는 그 흔한 족구조차 하지 않았다. 심지어 다들 내 마음 같다고 생각하고 고참이 되고는 족구를 없애야겠다는 생각도 했었다. 더운 여름 쉬어야 할 시간에 근무도 힘든데 후배들이 족구를 하는 게 너무 안 돼 보였기 때문이다.

이런 내가 스포츠에 관련된 세 가지 소식을 나누려고 한다. 승패를 떠나 그 속에 숨어 있는 감동이 운동을 좋아하지 않는 나를 불러 세웠다.

2019년 7월에 열렸던 광주세계수영선수권대회 이야기다. 대회 폐막일인 28일 남자 400m 개인 혼영 종목에서 일본의 〈세토다이야〉 라는 선수가 금메달을 획득했다. 200m에 이어 대회 2연패 달성이었다. 한일 관계가 여전히 좋지 않은 상황이었지만 한국 관중들은 금메달을 획득한 일본 선수에게 큰 박수와 응원을 보냈다. 그 함성을 들은 선수의 반응이 남달랐다. 경기 후 현장 인터뷰에서 유창한 한국어로 "감사합니다, 한국!"을 외친 것이다. 〈평화의 물결 속으로〉라는 대회 정신이 한일 관계를 넘어 전 세계로 울려 퍼지는 순간이었다.

두 번째는 같은 대회의 한국 여자 수구 이야기이다. 우연히 인터넷에 올라온 한 장의 사진을 보았다. 선수들이 서로 부둥켜안고 울고 있었다. 사진만 보면 누가 보더라도 우승팀의 감동적인 순간이었다. 하지만 경기 내용은 그렇지 못했다. 헝가리와 첫 경기에서 '64대0'으로 패배했다. 두 번째 상대는 러시아였다. 러시아는 지난 대회에서 동메달을 획득한 강팀으로 결과는 '30대1'. 그 사진은 바로 러시아와의 경기에서 1점을 넣고 난 후의 모습이었다. 여자 수구 대표 팀의 이번 대회 목표가 '첫 골'이라고 했다. 대회 두 달 전인 5월에 선발전을 열어 부랴부랴 꾸린 팀이었다. 이전까지는 대표 팀조차 없었다. 출전, 그 자체가 역사였던 것이다. 그런 열악한 상황에서 첫 골이 나왔다. 사진 속의 눈물과 감격이 오롯이 전해지면서 앞으로 어떤 기록을 만들어 나갈지 기대가 되었다.

마지막 이야기는 최근 소식은 아니지만, 그냥 지나칠 수가 없었다.
이지선 씨의 마라톤 이야기다. 많은 사람이 알고 있듯이 그녀는 대학 시절 교통사고를 당하게 된다. 전신의 55%가 3도 화상을 입었고, 손가락 여덟 마디가 잘려나가고, 두 발 외에 성한 곳이 없어 얼굴에서부터 온몸에 피부 이식을 하게 되었다. 중환자실에서 극심한 고통과 씨름하였다. '지옥이 있다면, 이곳이 바로 지옥이겠구나'라는 생각이 들었다고 한다. 그런 그녀가 SBS 힐링캠프 출연 당시 이런 말을 했다.
"행복은 찾아오는 것이 아니라 깨달아지는 것이다"

그녀는 한동대학교 교수로 재직 중이며 「지선아 사랑해」라는 책으로 대한민국을 울렸었다. 〈세상을 밝게 만든 100인〉, 〈한국 여성 지도자 상〉 등을 수상하기도 했다. 책도 쓰고 강의도 하고, TV 프로그램에도 모습을 보였지만 어느 날부터 소식이 전해지지 않았다. 사실 궁금했지만, 인터넷을 찾아볼 수가 없었다. 혹시 온몸의 상처가 마음으로 전이되어 버리진 않았을까 하는 괜한 걱정 때문이었다.

마라톤 완주 소식을 나중에 들었다.
제40회 뉴욕마라톤 대회에 참가해 7시간 22분 26초 만에 들어왔다고 한다.
그녀는 이렇게 말했다.

'우리 인생의 앞길이 잘 보이지 않고 어려움이 끝이 없을 것 같지만 너무 멀리 보지 말고 조금씩 해낸다면 이렇게 이뤄지는 것 같다.
중환자실에 있었던 때보다 힘들지 않아. 할 수 있어.
인생이 마라톤 같다는 생각이 들었다. 누가 나에게 달리라고 말한 사람은 없지만, 이만하면 됐다고 말하는 사람도 없다'

그 후 그녀는 서울 국제 마라톤에서도 풀코스를 완주했다. 스포츠에서만 아니라 감동적인 이야기는 날마다 수없이 쏟아지고 있다. 그냥 무심히 지나칠 수도 있지만, 다시 찬찬히 바라보고, 공감하고, 깊이 사색하다 보면 타인의 이야기가 내 인생에 영향을 끼치게 된다.

글을 쓰면서 또 한 번 울컥한다. 세상을 감사함으로 살아내야겠다.
삶을 통해서 갚아나가야겠다. 다시 한 번 결심하게 된다.

다섯 시의 남자 (마 20:6)

오후 5시에도 나가 보니 여전히 일거리가 없어 서 있는 사람들이 있었다.
"너희는 어째서 하루 종일 여기서 놀고 섰느냐?"하고 주인이 묻자 "우리를 쓰는
사람이 없습니다"하고 그들이 대답하였다. 그러자 주인은 '너희도 내 포도원에
가서 일하라' 하였다. (마태복음 20장 6-7절)

동구청에서 공항 쪽으로 조금 가다 보면 아양교 건너기 전에 인력사무소가 있다.
새벽이면 서 있는 사람이 많다. 겨울에는 도로가 바로 옆이지만 아랑곳하지 않
고 불을 지펴가며 모여 있는 것을 볼 수 있다. 일을 구하러 나왔지만, 항상 할
수 있는 것은 아니다. 날이 밝기 시작하고 대략 8시가 넘어가면 그냥 돌아갈 수
밖에 없다. 그렇게 돌아간 사람은 하루를 어떻게 보낼까 하는 생각을 한 적이
있다.

절박하지 않은 형편이라면 대충 쉴 수도 있겠지만, 만약 집에서 누군가가 간절
히 기다리고 있다면, 어린아이나 노모가 기다리고 있다면, 하다못해 비어 있는
쌀독이든, 무언가가 나만 바라보고 기다리고 있다면 어떤 마음일까? 대부분 떠
나고 난 뒤 8시가 넘어도 돌아가지 못하고, 한낮이 되어서도 여전히 자리를 떠
날 수가 없다면, 점심은 먹었는지 어쨌는지, 6시면 일이 끝나는 시간인데 5시
까지 오도 가도 못하는 남자의 심정은 어떠할까. 그 깊이를 도무지 상상할 수
없다.

이스라엘 시대에도 인력사무소가 있었다고 한다. 우리나라는 대부분 공사현장
으로 일하러 가지만 팔레스타인은 땅이 척박한 지역이라 포도 농장이 많은데
그들의 사정도 비슷했던 모양이다. 포도원으로 일하러 가는 사람들이 그곳에서

대기했다고 한다.

아침에 바로 뽑혀가지 못한 이유는 분명하다. 일을 잘 하게 보이지 않았기 때문일 것이다. 잘하는 사람이야 늘 예약이 밀려 있다. 현장에 따라 장기계약을 맺기도 하고 심지어는 정식 직원으로 채용되기도 한다.

나라면 어땠을까. 일은 없고 빈손으로 돌아갈 수도 없는 형편이라면, 오후까지 기다리면서 드는 비관적인 생각, 헤어날 수 없는 상황에 대한 좌절감, 언제 끝날지 모를 불안감, 악몽을 꾸는 것처럼 발버둥 치지만 절대 깨어날 수 없는 고통으로 느껴질지도 모르겠다. 그때 성경에 나오는 포도원 주인 같은 분을 만난다면 어떠할까? 한 시간 일하고 하루 일당을 받게 된다면 얼마나 놀랐을까 상상해본다. 내 능력으로 일을 할 수 있게 되었다고, 운이 좋았다고 기뻐할 수만은 없을 것이다.

〈다섯 시의 남자〉라는 별명을 쓴 지가 20년이 넘었다.
"다섯 시에 퇴근해?"
"새벽 기도회 나가?"
보통 이런 반응이 제일 먼저 나온다. 일일이 설명할 수는 없지만 내 별명을 생각할 때마다 나는 기억하고, 또 기억하려고 애쓴다. 내가 잘나서가 아니라 순전히 주인의 긍휼함이 나를 구했고, 은혜로 말미암아 이 자리에 있다는 사실을.

내 별명이, 내가 쓰고 있는 글이, 나에게 말하고자 하는 메시지는 한결같다. 교만이 고개를 들고, 자신만만함이 당당함을 넘어서고, '난 당신들하고는 달라'라는 생각이 내 속을 비집고 나올 때가 있다. 그럴 때마다 카톡에 적힌 프로필, 내 사인, 항상 눈에 보이는 곳에 적힌 별명은 내가 어떤 사람인지를 가르쳐준다. 선한 포도원 주인을 만나 '오후 5시에 은혜로 구원받은 자'가 남은 인생을 어찌 살아야 할지를 생각하게 한다.

스티브 잡스는 "우리가 이룬 것만큼 이루지 못한 것도 자랑스럽다"라고 얘기했다. 인생이 애초에 만들어진 목적을 생각하면서 살아간다면, 결과에만 메이지 않고 과정에서 해야 할 일을 해내는 것이 얼마나 중요한 것인지를 알게 되리라 믿는다.

'나'를 '나 되게' 하는 것.
그것을 기억하면서, '결과로부터 자유한 삶'을 성실히 살아가고 싶다.

에필로그

1996년 5월, 봄비가 제법 많이 내리던 날 아내와 나는 도쿄로 여행을 떠났다. 도쿄로 들어가서 오사카로 나오는 항공권만 예약한 채 아무것도 정하지 않고 배낭을 하나씩 둘러메고 비행기에 올랐다.

가벼운 티셔츠와 청바지 차림이었지만 올림머리에 짙은 신부 화장, 두꺼운 속눈썹은 누가 보더라도 막 결혼식을 마쳤다는 걸 짐작할 수 있었을 것이다. 호텔도 정하지 않았고, 일정도 짜지 않았다. 그저 자유롭게 돌아다니다 멋진 카페에 들어가 쉬기도 하고, 예쁘게 만들어진 디저트를 먹으면서 순간을 즐겼다. 저녁이 되면 멀지 않은 이웃 도시로 기차를 타고 이동했다. 역 앞에 있는 비즈니스호텔에서 하룻밤을 자고 아침에 일어나 코인 로커에 짐을 밀어 놓고, 또 낯선 도시를 다녔다.

첫 여행을 그렇게 시작했다.

그리고 우리는 24년 동안 함께 인생을 여행 중이다. 여전히 확실한 계획이나 일정은 없다. 불안한 미래일지도 모르지만 늘 긍정적이다. 서로에게 믿는 구석이 있는 것 같다. 프리랜서 시절 수입이 적어 고민하다 취직을 해볼까 했었다. 아내는 반대했다. 하고 싶었던 일도 아니고, 준비했던 것도 아니면서 단순히 돈만 바라보고 결정하는 것은 동의할 수 없다는 이유에서였다. 다시 그때로 돌아간다면 똑같은 말을 해줄지 알 수 없지만, 지금도 여전히 동일한 가치관을 가지고 살아가고 있다고 믿고 있다.

조금 이르지만 이미 은퇴를 한 친구도 있고, 구체적으로 노후를 준비하고 있는 친구도 있다. 33년째 같은 직장에서 근무한 아내와 달리, 나는 다양하고 많은 일을 하면서 여기까지 왔다. 그 와중에 '글쓰기'를 시작했다. 인생 후반전, 아내의 전폭적인 응원에 힘입어(무슨 일이든 항상 전폭적으로 지지한다) 겁 없이 들어왔다. 5년 혹은 10년 아니면 그보다 더한 시간이 흐른 어느 날, 이 글을 읽고 있을 나를 상상해본다.

첫 번째 책의 에필로그를 적고 있지만, 내 인생의 후반전을 여는 프롤로그가 될 것 같다. 책을 쓰고, 배낭을 메고 여행도 다니면서, 죽는 날까지 심장이 두근거리는 삶을 살고 싶다.

이 책을 읽어준 모든 분에게 감사한 마음을 전한다.
조금이나마 공감이 되고, 잠깐이나마 여운을 남길 수 있다면 행복하겠다.

"당신의 꿈을 응원합니다"

하루살이
이경용입니다

한줌의 용기로 자유로운 삶을 시작한 여행자.
네 아이와 아내, 가족이라는 울타리 안에서
행복한 삶을 꿈꾸고 있습니다.

'오후엔 책방'을 운영하고 있으며,
경제적, 정신적 자유를 위해 고민하고 있습니다.

프롤로그

에필로그

프롤로그

평범함의 기준은 무엇일까?

나의 어릴 적 꿈은 평범한 회사원이었다. 큰 꿈을 가져본 적이 없다. 자신감 부족일 수도 있고, 미래에 대한 생각을 해보지 않은 것도 이유일 수 있다. 그냥 막연하게 TV에 나오는 정장을 입고 출근하는 회사원을 떠올렸던 것 같다. 공부나 어떤 분야에 뛰어난 재능을 가진 것도 아니었고, 남들보다 신체능력이 좋았던 것도 아니었다. 공부도, 운동도, 게임도, 항상 중간 언저리에서 지냈다. 단순하게 살아지는 대로 살아왔다고 해도 틀린 말이 아니다. 그렇게 나의 꿈은 노력과는 거리가 멀었다.

그러면서 자연스럽게 '중간'을 고집하는 일이 많아졌다. 특히 양자택일의 순간에서 입장을 표현하지 못한 채 나의 입장도 아닌, 다른 사람의 입장도 아닌, 어중간한 입장을 선택하는 경우가 많았다. 마치 어느 것도 포기하지 못하는 욕심 많은 사람처럼 말이다.
'이것도 좋고, 저것도 좋다'

결혼, 그렇게 다른 사람의 결정을 따라가는 내 삶에 변화가 찾아왔다. 결혼을 한다고 인생의 후반전이 달라질 거라고 생각하지는 않았다. 보통의 사람처럼 직장생활과 잠깐의 여유, 바쁜 일상을 보낼 줄 알았다. 하지만 아내를 만난 후, 내 삶의 많은 부분이 바뀌었다. 평범함에서 특이함으로, 특별함으로 변하기 시작했다. 늘 중간의 입장을 고수했던 내가 글쓰기를 하고 책을 쓰고 있다. 책을 읽는 학생도 아니었고, 글쓰기는 커녕 일기도 꾸준히 써본 적이 없었다. 예전이라면 상상도 할 수 없는 일을 하나씩 해 나가는 요즘이다.

지금부터 소개될 이야기는 아내를 만나 새롭게 시작된 '나의 이야기'이다. 보다 더 정확하게 표현하자면, '나의' 이야기이면서 동시에 '아내의' 이야기 이기도 하다.

하루살이로 살다

"이제 우리 앞으로 어떻게 살 거야?"

"응?"

"내년 계획이 뭐야?"

"뭐라고?"

"삶의 목표가 뭐야?"

"…"

신혼여행 숙소에서 아내가 갑작스레 물었다. 연이어 쏟아지는 당황스러운 질문에 한참 동안 멍하니 있었다. 컴퓨터도 과부하에 걸리면 멈추듯이 순간 뇌가 멈췄다. 어떤 답도 할 수 없었다. 못 들은 체 하며 그날 사가지고 온 물건을 살펴보며 딴 청을 부리기 시작했다. 하지만 계속되는 따가운 시선에 "열심히 돈 벌어야지"라고 서둘러 대답했다. 결혼 후의 삶을, 미래의 모습을 제대로 상상해 본 적이 없었다. 현재의 삶을, 지금껏 살아온 삶을 잘 유지하면 된다고 생각했었다. '결혼'이라는 큰 변화가 찾아왔음에도 느끼지 못했다.

"어제 잘 들어갔어?"라는 친구의 말 한마디에 내 심장이 가빠졌다. 이마에서는 식은 땀이 흐르기 시작했다. 아내에게 회사 회식이라고 거짓말하고 친구들 모임에 참석한 것이 들통나버렸다. 표정은 삼시간에 변했고, 그때부터 아내의 눈치만 살피기 시작했다. 모임 내내, 머릿속은 온통 이 사태를 어떻게 수습을 해야 할지 걱정으로 가득 찼다. 집으로 돌아오는 차 안에서부터 시작된 나의 사과에 아내의 화가 풀렸는지 알 수 없었지만, 표정이 조금 수그러들고 괜찮은 거 같아 보여 금세 잊혔다.

혼자가 아님에도 나는 아내를 배려할 줄 몰랐다. 친구들과의 만남이 좋았고, 밤늦게까지 어울려 노는 것이 좋았다. 회식이나 술자리는 일의 연장선이라 생각했고, 자제하는 법도 거절하는 법도 없었다. 밤이 깊어지는 줄 몰랐고, 아내와의 약속은 어기기 일쑤였다. 그럴 때마다 사과를 했고, 그 상황만 무사히 넘기면 괜찮을 거라고 생각했다. 즉흥적이었고, 그때그때 상황에 따라 결정하고 행동했다.

부부관계는 튼튼히 쌓아 올린 신뢰 속에서 생겨난다는 걸 그땐 알지 못했다. 어리석게도 순간의 위기만 넘기기에 급급했다. 결혼 전과 후, 삶의 방식이 바뀌지 않았다. 가정이라는 새로운 울타리가 생겼으나 좀처럼 들어가지 못했다. 여전히 울타리 밖의 생활에 익숙했다. 오늘은 오늘로써 끝이 나고 내일은 내일의 태양이 떠오른다고 생각했다. 말 그대로 하루살이의 삶이었다. 우물 안 개구리처럼 눈앞의 세상만 바라보았다. 계획도, 미래도, 앞으로의 삶도 어느 것 하나 진심으로 고민해 본 적이 없었다. 이십대의 제일 어려운 관문인 취업과 결혼을 이뤄냈으니 앞으로는 별 어려움이 없을 줄 알았다.

지금 생각해보면 철이 없었고, 살아지는 대로 살아왔다. 어릴 적엔 그냥 빨리 어른이 되고 싶었고, 어른이 되고 나니 내 마음대로 삶을 살 수 있을 줄 알았다. 아내의 얘기에 귀 기울이고 조금 더 빨리 알아차렸다면, 그때 고민을 했더라면 조금은 일찍 바뀌지 않았을까 생각해보게 된다. 결혼 초 많은 감정을 낭비했다. 아내의 이야기를 알아듣지 못했고, 아내는 나를 이해하지 못했다.

마흔을 앞두고 있는 나이.

인생의 반 정도를 *하루만* 생각하고 사는 삶으로 살아왔지만,
나머지 반은 *하루*를 소중하게, 열심히 사는 삶으로 바꿔보고 싶다.

인생의 목적과

그것을 성취하는 방법을 깨닫는 것이 바로 지혜이다

- 레프 톨스토이 -

돈 버는 기계

98년 IMF가 터졌다. 그때 고등학교 2학년이었다. 담임선생님은 매일 뉴스에서 들려오는 경제 위기, 취업난에 걱정이 많으셨던 모양이다.

"그래도 다행이다. 너희가 군대 다녀오고, 대학교를 졸업할 때쯤에는 경기가 좋아질 것이니 지금은 공부만 열심히 해라"

하지만 나는 가정경제도, 부모님도 문제가 없어 보였기에 크게 신경 쓰지 않았다. 나와는 관계가 없는 일로 생각했다.

대학 진학 후, 졸업을 앞두고 여전한 불경기에 실업자는 늘어갔다. 공부에는 뜻이 없었고, 경제, 사회에도 무관심했다. 어쨌든 졸업은 했다. 이력서에 가득 써 내려갈 만한 스펙이나 뛰어난 재주, 기술을 가지지 않았지만 취업전선에 뛰어들었다. 미래에 대한 고민이나 대비 없이 "다 잘 될 거야"라는 희망만 가득했다. 누구나 알아주는 이름 있는 직장은 아니었지만, 우여곡절 끝에 취업에도 성공했다. 원하던 곳은 아니었다. 하지만 어려운 시기를 이겨낸 대견함과 만족함을 느끼면서 회사 생활을 시작했다. 취업도 안 하고 놀고 있다는 부모님과 주위의 따가운 시선이 더 무서웠는지도 모른다.

회사 생활은 출퇴근부터 쉽지 않았다. 30km가 넘는 장거리에 통근버스도 다니지 않았던 터라 많은 시간을 도로에서 보내야 했다. 사회 초년생이었기에 차도 없었던 터라 세 번의 버스를 갈아타며 출근했다. 새벽 4시 30분 기상, 5시에 집을 빠져나오면 내가 알던 세상은 어디론가 사라지고 캄캄하고 고요한 적막이 감돌았다. 해가 짧아지고 추위가 찾아올 때면 여벌의 옷이 필요할 만큼 새벽과 한낮의 온도차이가 심했고, 일기예보가 왜 일교차를 강조하는지 이해가 되었다. 이른 시간이었음에도 정류장에는 출근을 위해 버스를 기다리는 사람들이 많았고,

새벽버스에는 앉을 자리를 찾기 어려웠다.

그렇게 참고 버티는 직장생활이 시작되었다. 운이 좋아 우연히 앉아가기라도 하면 잠이 부족해 이내 졸다가 내릴 곳을 지나쳐버리기도 했다. 어떤 날은 시간에 쫓겨 버스를 잘 못 탄 날도 있었다. 버스번호 101번을 107번으로 착각해서 엉뚱한 곳으로 간 적도 있었다. 또 버스가 사람으로 가득 차 지나쳐 버릴 때에는 시간이 늦어져 다음번에 옮겨 탈 버스까지 놓쳐 지각은 따 놓은 당상이었다. 그럴 때마다 마음 졸이며 회사 정문을 통과했는데, 지금은 웃을 수 있는 추억이 되었다.

'나만 대단한 것이 아니었구나'
'다들 이렇게 열심히 사는구나'
'보이지 않는 곳에서 나보다 더 열심히 살아가는 사람이 많았구나'
여러 생각이 들었지만 힘들어도 1년은 참고 다녀야겠다는 목표가 생겼다. 그 새벽 정류장에서 버스를 기다리는 많은 사람들이 있었기에 나는 버틸 수 있었다. 새벽 출근길이 더 이상 대단한 것이 아닌 일상이 되었다. 이름도 얼굴도 모르지만, 차가운 공기를 맞으며 서있는 동질감을 느꼈다. 졸리는 눈을 비벼가며 아침을 견디는 삶에서 힘을 얻었고, 위안을 받았다.

그렇게 모든 것이 직장중심으로 변해갔다. 시간표와 리듬이 회사를 중심으로 움직이고 있었다. 결혼 이후에도 바뀌지 않았다. 가정 보다 직장이 먼저였고 일이 우선이었다. 돈을 번다는 핑계로 중요한 것을 놓치고 돈만 쫓는 기계가 되어가고 있었다.

그랬던 나에게 생각의 변화를 준 사건이 생겼다. 수원에서 주말부부로 1년 정도 떨어져 지냈을 때의 일이다. 차 사고가 났다며 다급한 목소리로 울먹이는 아내의 전화에 가슴이 철렁했다.

처음 겪는 사고에 아내는 당황했고, 둘째를 임신중이었기에 걱정이 컸다. 일을 중단하고 급하게 부산행 열차에 몸을 실었다. 다행히 아내와 아이들 모두 크게 다치지 않았지만, 필요한 순간에 곁에 있어주지 못했다는 사실이 미안하고 마음이 아팠다. 그때 주말부부를 반대했던 아내의 얘기가 다시 생각났다.

"돈을 왜 벌어?"
"집도 사고, 차도 사고, 우리 가족 잘 살려고 그러는 거잖아"
"돈보다 더 중요한 것이 있다면? 아빠의 자리가 더 중요하다면?"
"그래도 돈을 안 벌고 살 수 있나?"
"죽고 나서 돈만 남아봐야 무슨 소용이야? 지금이 중요한 거지"

주말부부를 결심할 때에도 아내는 싫다고 했지만, 가족을 위한다는 말과 돈을 벌어야 한다는 명분으로 혼자 결심하고 결정해 버렸다. 이것이 당연한 일이라고 생각했다. 많은 이들이 그렇게 하고 있었고, 아버지가 그랬듯 나 역시 그래야 한다고 생각했다. 아내에게 남편의 자리, 아이들에게 아빠의 자리가 필요하다는 생각은 하지 못했다. 돈을 버는 것이 먼저라고 생각했다. 그렇지만 그 사건을 계기로 아내와 아이들 곁에서 함께하는 아빠의 역할이 제일 중요하다는 것을 알게 되었다. 소중한 것을 잃고 난 후에 아쉬워하고 후회하지 않기로 결정했다.

'지금 행복하지 않은데, 내일 행복할 수 있을까?'
'오늘의 시간을 저축한다고 해서 내일의 시간을 두 배로 꺼내 쓸 수 있을까?'
'오늘을 행복하게 산다면, 내일도 행복해질 확률이 더 크지 않을까?'

"가족과 함께해야 할 보석 같은 시간을 담보로 잡혀 돈만 버는 것과 같은 멍청한 짓은 결코 하지 말라고 말이오"
이외수의 「지금 알고 있는 걸 서른에도 알았더라면」 책에 나오는 노인의 얘기

이다. 노인은 돈 버는 것에만 치중해 가족을 잃고 난 후에 가족의 소중함을 깨닫게 되는데, 노인은 곁에 있을 때 잘해야 한다고 강조한다. 떠나고 난 후에 돈이 억만금이 생겨도 이미 늦었다고 말한다. 돈을 버는 가장 큰 목적은 가정의 행복을 위한 것이다. 결혼을 한 것도 아내와 행복해지기 위한 것이었다. 내 삶에 많은 시간을 함께 하는 사람은 가족이며, 마지막까지 곁에 있을 사람도 가족이다.

가족과 함께하며, 사랑을 키워나가는 사람이 가장 현명한 사람이라고 생각한다.

사랑은 가장 가까운 사람,
가족을 돌보는 것에서부터 시작된다.

– 마더 테레사 –

그렇게 마음을 열었다

"우리 시골에서 1년만 살아볼까?"

"갑자기 웬 시골?"

"바다가 보이는 주택에서 자연을 느끼며 살아보면 어때?"

"우리가 도시를 벗어나 시골생활을 할 수 있을까?"

"조그마한 텃밭과 아이들이 마음 놓고 뛰어다닐 수 있는 마당이 있는 주택에서 살아보면 좋을 것 같아"

"직장은 어쩌고? 뭐 먹고 살려고? 문화생활은?"

신혼 초, 아내는 자주 시골생활을 언급했다. 한 번도 경험해본 적이 없었기에 그냥 하는 이야기라고 생각했다. 무엇을 먹고 살 것인지, 직장은 어떻게 구할 것인지에 대해서는 생각조차 하지 않았다. 시골은 어린 시절의 추억과 향수로 돌아가고 싶은 곳도 아니었다. 아는 사람도 없는, 모르는 곳에서 새롭게 시작할 수 있을까. 외로움이나 우울증이 찾아오지는 않을까하는 걱정이 앞섰다. 먹고 사는 게 해결되지 않는 한 꿈같은 얘기였다.

어느 날 아내는 불현듯 주말농장을 해보자고 했다. 당장은 아니더라도 언젠간 하게 될 시골생활을 미리 경험해보자면서 가까운 곳에 텃밭을 분양 받았다고 했다. 아내는 항상 나를 이렇게 놀라게 만들었다. 아내와 첫 데이트 때에도 조카를 데리고 나와 당황하게 만들었는데, 그때나 지금이나 변한 게 없다. 아내는 아이들에게 흙을 만지고, 자연에서 커갈 수 있는 기회를 주고 싶다고 했다. 식물이 커가는 모습과 직접 재배해 수확하는 기쁨까지 느낄 수 있다면 더없이 좋을 거라고 얘기했다. 집에서 좀 떨어진 외곽에 자리한 10평 정도의 텃밭은 주말마다 외곽으로 나들이 간다는 마음으로 편하게 생각했다. 한 번도 해본 적

없는 밭일을 호기심에 덜컥 동의해버렸다.

주말농장이 '일'이 될 거라고 생각하지 못했다. 비록 10평밖에 되지 않았지만, 땅을 뒤엎는 작업은 군대시절이 생각나기에 충분했다. '세상에 공짜는 없다'라는 말처럼, 쉬운 일은 없었다. 비 온 다음 날, 진흙으로 신발이 더러워지고서야 장화가 필요한 것을 알았고, 해가 쨍쨍한 날에는 얼굴과 목이 새까맣게 타고서야 밀짚모자의 중요성을 알았다. 잡초들을 뽑아줄 때는 손톱에 흙이 가득 묻고 나서야 장갑의 중요성을 알았다.

새싹들이 자라기 전까지는 잡초와의 전쟁이다. 질긴 생명력을 자랑하는 잡초는 뽑아도 뽑아도 끝이 없었다. 텃밭은 한마디로 정의하자면 잡초와의 싸움이다. (물론 요즘은 비닐포장을 해서 잡초를 최소화해 손이 덜 가게 하기는 한다.) 잡초가 적당히 정리되면서 식물들이 자라기 시작하자 그때서야 매주 변화하는 모습을 살펴보는 일이 재미있어졌다. 싹이 나고, 줄기가 올라오고, 꽃이 피고, 열매가 맺히는 모습을 확인하는 과정은 신기했다. 꽃이 피고 떨어진 자리에 열매가 맺힌다는 사실도 알게 되었다. 신선한 충격이었다.

"아빠, 이건 무슨 식물이에요?"
"저건요? 저거는 뭐예요?"
"애 좀 봐요! 키가 이렇게 많이 자랐어요"
"아빠! 꽃이 생겼어요"
"토마토가 달렸어요"
"얘는 무슨 열매가 열릴까요?"

아이들은 볼 때마다 바뀌는 모습이 신기한지 연신 궁금한 것을 물어보기 바빴다. 궁금증이 늘어날수록 알아가는 작물이 늘었고, 더욱 텃밭 가꾸기에 빠져들었다. 재배하는 사람들의 다양한 작물을 구경하는 것도 재미있었다.

명절에만 방문했던 시골의 풍경이 다르게 보이기 시작했다. 이제는 밭에 심겨져 있는 것이 무엇인지 눈여겨보게 되고, 모르는 식물을 볼 때면 "저건 뭘까" 궁금해진다. 지금껏 몰랐던 새로운 세상을 알아가는 시간이었다. 직접 키운 작물을 수확해 먹는 맛은 키워보지 않으면 모른다. 맛과 기쁨은 말로 표현할 수가 없다.

그렇게 우리는 시골에 조금씩 마음을 열었다.

온수기가 나에게 준 선물

가끔씩 "아내와 결혼하지 않았다면 나는 지금 어떻게 살고 있을까?"라는 생각이 들 때가 있다. 아내를 만나고 내 삶의 많은 부분이 바뀌었다. 좋은 기운이, 영향이 나에게 전해졌기 때문이다. 지금의 나는 아내의 영향으로 변화된 '나'이다.

그녀를 사직야구장에서 처음 보았다. 평일 야간경기가 있던 날이었다.
야구광이었던 선배로부터 전화가 왔다.
"오늘 사직 안 갈래?"
"오늘? 갑자기?"
"응, 오늘!"
야구 보러 가자는 얘기였다. 주말이 아닌 평일에 야구를 보러 간다는 건 애초에 불가능했지만, 그냥 한번 전화를 해본 것이었고, 우연이었는지 그날 자취방에 온수기 고장으로 오후에 수리공이 방문 예정이었다. 오전 근무만 하고 조퇴하기로 되어있었던 터라 흔쾌히 "ok"를 외치고 온수기를 수리하자마자 경기장으로 갔다.

오랜만에 찾은 야구장, 생각지 못한 평일 관람에 괜히 설레고 마음이 들떴다. 선배의 친한 후배들과 입구에서 만났다. 그 중의 한 사람이 아내였다. 그녀들은 야구장에 먹으러 온다며, 먹을거리를 사러 갔다. 관람석에서 만나기로 했고 우리는 먼저 이동했다. 1루 관중석의 제일 상단 쪽, 야구광인 선배는 항상 그곳을 고수했다.

처음 선배를 따라 1루 관중석에 앉을 때는 야구 관람을 온 것인지, 자갈치 시장에 온 것인지 구분이 가지 않을 정도로 정신이 없었다.

"야구는 소리 큰 쪽이 이기는 거다!"

야구장이 떠나갈 정도의 요란한 응원소리가 처음에는 힘들었다. TV 중계를 좋아하는 나는 이해할 수가 없었다. 타석에 들어서는 타자가 누구인지, 투수는 누구인지, 스트라이크인지 볼인지 너무 멀어 눈으로 확인할 수 없었고, 전광판에 불이 들어온 후에야 알 수 있었다.

타자가 공을 칠 때도 공이 어디로 가는지, 안타인지 파울인지, 홈런인지 누가 알려주지 않으면 알 수가 없는, "그냥 응원이나 열심히 해라"라고 말하는 이 자리에 왜 이렇게 사람들이 열광하는지 이해할 수 없었다. 하지만 선배를 따라 몇 번을 다니면서 순간포착, 리플레이, 줌으로 TV중계보다도 현장 관람이 더 좋은 이유를 알 수 있었다. 함께 박자에 맞춰 응원가를 부르고 함성을 지를 때면 내 안에 가득 차있는 울분과 포효가 나도 모르게 터져 나와 기분을 들뜨게 했다. 그 순간엔 내가 아닌 다른 나로 변신하게 되었다.

어느 팀이 이기고 지는 것은 중요하지 않았다. 마음껏 응원을 할 수 있는 분위기만 만들어지면 충분하다. 아쉬운 상황이 계속 연출되면 된다. 엎치락뒤치락 승부를 예상할 수 없는 박빙의 경기는 마치 내가 경기를 뛴 선수인 마냥 온몸의 에너지를 모두 소진시킨다.

이제 오늘의 야구가 시작되려고 한다. 경기 시작 전, 두 손 가득 상자를 들고 그녀들이 돌아왔다. 앉자마자 응원 도구, 생쥐 머리띠까지 준비하고 있었기에 진정 야구를 사랑하는 팬이라고 생각했다. 하지만 잠시 후 상자를 하나씩 개봉하기 시작하더니 끊임없이 먹을 것이 나왔다. 야구장에는 먹으러 온다는 그녀들, 시끄러운 함성과 응원 속에서도 꿋꿋이 음식을 섭취하는 모습이 대단해 보였다. 말 그대로 먹방이었다. 케밥, 강정, 감자, 쥐포, 치킨, 어묵 등 끊임없이 새로운 것을 계속 꺼내면서 먹어보라며 뒤돌아 건네던 모습이 아직도 생생하다. 손에 쥐고 있는 걸 먹으랴, 눈으로 경기를 쫓으며 응원하랴, 정신이 없을 것 같은데 아무렇지 않게 챙겨주는 모습이 신기하면서도 고마웠다. 이런 상황에서 먹는 모습이 매력적으로 보일 때도 있구나, 라는 생각이 들긴 처음이었다. 그날 야구 경기는 누가 이겼는지 기억나지 않는다. 목청 터져라 소리를 지르고 응원하며, 끊임없이 먹었던 기억만 남아있다.

아내와의 인연은 그렇게 시작되었다. 우리는 여러 면에서 마음이 통했고, 서로를 완벽하게 파악한 것은 아니지만 결혼 계획을 잡았다. 일 년도 채 되지 않은 만남에 주위 사람들에게서 "사계절은 만나봐야 알지"라는 부러움과 걱정이 담긴 말을 들었다. 그때마다 인연은 사실 정해져 있는 게 아닐까, 라는 생각을 했었다.

나는 운명이나 신 등 보이지 않는 것을 잘 믿지 않았다. 내 눈에 보여야 확신이 생겼고, 따랐다. 아내와의 추억을 떠올려보면서 어쩌면 나의 의지만이 아닌 다른 어떤 것, 운이든, 우연이든, 운명이든, 인연과 같은 어떤 작용이 있었던 것이 아니었을까 생각해본다. 고장 난 온수기가 나에게 인연을 선물했을지도 모르겠다. 나는 아내를 만난 것이 내 삶의 커다란 행운이라고 생각한다. 알게 모르게 도움을 준 모든 분들에게 감사하다. 아내는 내 삶의 커다란 축복이다.

조용한 집, 조용한 사람

"얘들아 밥 먹자"

식탁에서 밥 먹기 전 내가 주로 하는 말이다. 그리고 그게 전부이다. 밥을 먹을 때 거의 말 한마디 하지 않고 먹는다. 아내와 아이들은 무엇이 그리 재밌는지 웃고 떠든다고 정신이 없다. 그러다보니 밥은 항상 내가 먼저 먹게 되고, 그만 얘기하고 밥 먹자 라는 말을 자주 하게 된다. 아이들의 대화에 끼지 않고 다른 생각 없이 열심히 밥만 먹는 나, 가끔은 혼자 밥 먹고 있다는 느낌이 들 때가 있다. 그때마다 아이들에게 밥상에서는 떠드는 것이 아니라고 얘기할까 생각하다가도 이내 말문을 닫는다.

어린 시절 우리 집은 늘 조용하고 대화가 없었다. 맞벌이를 하셨던 부모님은 집에 있는 시간보다 밖에 나가 있는 시간이 많았다. 주말이 아니고는 모두 함께 모일 시간이 없었다. 식사시간에도 밥만 먹었다. 아버지가 하신 말은 "밥 먹어라"와 "밥상에서 떠드는 거 아니다"가 전부였다. 그래서일까 밥을 먹을 때는 말 그대로 먹기만 했다. 함께 이야기할 시간이 그때밖에 없었음에도 우리 가족은 밥상에서 거의 대화가 없었다. 아내가 처음 인사드리러 온 날에도 대화 없이 밥만 먹었는데 '밥 먹다 체하는 줄 알았다'라고 말할 정도였다.

중학교 때 제사로 큰집을 방문하고서는 과묵한 것이 집안 내력이라는 것을 알게 되었다. 간단한 인사와 말 몇 마디가 오고간 후로 모두 말이 없으셨다. 정이 없다거나 사이가 안 좋은 것도 아니었다. 단지 대화가 없을 뿐이었다. 서로 많은 것을 알고 있어 대화가 없는 것인지, 관심이 없어 대화가 없는 것인지 알 수 없었다. 나도 자연스레 동참했다. 세월이 지난 후 느낀 것은 대화가 없다는 건

서로에게 다가가기 힘들다는 의미였다.

과묵한 우리 가족을 이어주는 건 TV가 유일했다. 함께 있을 땐 리모컨 쟁탈전이 치열했지만, TV 앞에서 우리 가족은 하나가 될 수 있었다. 안타깝게도 우리 가족이 함께하면서 웃고 떠들었던 기억이 없다. 그냥 가족이라는 명분 아래 어쩔 수 없이 사는 것 같았다. 대화라고는 다툼이 생겼거나 시비를 가릴 때 뿐이었다. 말다툼이 생기는 날이 대화가 있는 날이었다. 다툼이나 시비를 가리는 상황이 싫었기에 애초 문제를 봉쇄하기 위해 가급적 말을 하지 않았고, 그런 일이 벌어질 것 같으면 입을 다물었다. 문제를 해결하겠다는 것보다는 처음부터 문제가 생기지 않는 방법을 선택한 셈이다. 그렇잖아도 말이 없는 성격인데 스스로 말문을 닫았으니, 더욱 더 과묵해질 수밖에 없었다.

결혼 후 아내와는 살아온 환경이 다른 탓에 시시비비를 가릴 일이 많았다. 앞으로 함께 살아갈 결혼생활에 관해 많은 대화를 원하는 아내였지만, 나는 그런 아내와의 대화가 너무 힘들었다. 나에게 없는 답을 원하는 아내의 질문은 나를 힘들게 했고, 대답 대신 회피와 못 들은 척 넘기기 일쑤였다. 같은 일이 반복적으로 일어나면서 다툼의 원인이 되기도 했는데 그럴수록 나는 더더욱 대화를 차단했다. 그것이 유일한 방법이라고 생각했다. 최대한 말을 아끼고 일부러 모른 척 했다. 나의 잘못된 말 한마디로 집안에 문제를 일으키고 싶지 않았다. 오늘만 넘기면 내일은 괜찮겠지, 라는 마음으로 그 순간이 지나가기만을 기다렸다. 그것이 나중에는 서로에게 더 상처가 될 수 있다는 것을 그때는 미처 알지 못했다.

마음은 그런 게 아니라고 해도 서로에게 관심을 가지지 않으면 관계가 이루어지지 않고 오해를 하게 된다. 그저 함께 있다고, 곁에 있다고 해결되는 것은 없다. 바쁘다는 핑계로 외면하고, 서로의 마음을 챙겨주지 않으면 서서히 멀어질 수밖에 없다. 대화와 소통, 유대감 안에서 모든 관계가 시작된다. 특히 가족, 부부 관계는 더욱 그런 것 같다.

부부란 둘이 서로 반씩 되는 것이 아니라

하나로서 전체가 되는 것이다

- 반 고흐 -

처음이자 마지막 여행이 될지도

2013년 6월 첫째의 돌잔치를 생략하고 우리는 해외로 여행을 떠났다. 아내는 뷔페의 화려한 공간에서 많은 사람을 모아두고 똑같이 하는 돌잔치는 하고 싶지 않다고 했다. 1년 동안 아기와 씨름하고 달래면서 고생한 아내는 부모님 생각이 많이 났다면서 우리를 이렇게 힘들게 키웠을 부모님을 위해 함께 여행을 다녀오자고 했다. 나의 생일에도 시어머니께 전화를 드려 '낳아주셔서 감사하다'라며 전화를 드리는 아내였다.

아내의 얘기에 수긍을 하면서도 '그렇다고 돌잔치를 안 할 필요까지 있을까' 생각했다. 돌잔치를 하지 않는다고 생각하니 그동안 투자 해놓은 돈과 본전 생각에 마음이 씁쓸했다. 그러면서 그 동안 다녀온 돌잔치를 생각해보니 아기와 부모의 모습이 힘들어 보였던 것이 생각났다. 이제 겨우 한 살, 아직 낯가림을 하는 아이를 데리고 돌 행사를 진행하느라 사투하는 부부와 아이의 모습이 떠올랐다. 나까지 아내와 아이를 데리고 힘듦을 자초하고 싶지 않았다. 너무도 많은 기념일, 축하와 의미도 모른 채 그냥 따르기보다는 우리만의 방식으로 기념하는 것도 좋을 것 같았다. 아이를 위해 돌잔치를 생략하는 것도 괜찮을 거 같았다.

친구, 친척, 지인, 회사동료에게 돌잔치를 하지 않는다고 얘기하니 모두 의아해했다. 주위에서 "왜 하지 않느냐"라는 얘기에 조용히 부모님들과 집에서 보내기로 했다고 말했다. 일하느라 아빠 노릇을 제대로 못했지만 아내와 부모님들에게 감사함을 표현하는 게 돌잔치보다 의미 있는 일이 될 것 같았다.

신혼여행 때 처음 비행기를 타보았다. 그전까지 해외를 한 번도 가본 적이 없었다. 가족들과 제대로 된 여행 한 번 간 적이 없었다. 양가부모님을 모시고 다녀와야 한다는 걱정과 여행이라는 설렘이 엎치락뒤치락 했다. 오랜만의 만남에 어색하거나 의견 조율이 안 될까봐 괜한 걱정이 앞섰다. 출국 날 아침 공항에서의 만남, 그동안 왕래가 없으셨던 부모님들의 만남은 생각만큼 어색하지 않았다. 분위기 메이커이셨던 장인어른 덕분에 유쾌하게 출발할 수 있었다. 기내에서부터 무슨 이야기 꽃을 피우셨는지 시끌시끌하셨다. 양가 부모님은 따로, 또 같이 즐겁게 여행을 즐기셨다.

스노클링을 위해 찾은 바닷가에서 물놀이를 즐기시는 모습도, 유명관광지에서 앞서 가며 구경하는 모습도 처음이었다. 밝게 웃으시고 좋아하시던 모습을 잊을 수가 없다. 카메라에 찍힌 사진은 나와 아내의 모습보다는 부모님이 대부분이었지만, 평소에 보지 못한 다양한 모습들이 담겨 있었다. 내가 몰랐던 새로운 모습들을 보기도 했다. 그렇지만 현지 음식은 조금 힘드셨던 모양이다. 한인식당을 한번 찾았는데 음식 값이 곱절로 나왔다. 늘 밥 한공기만 드시던 아버지도 한 공기를 더 추가하셨고, 장인어른도 "안주가 좋아서 술이 술술 넘어 간다", "소주가 이렇게 반갑긴 처음이다"라고 말씀하셨던 모습이 눈에 선하다.

그렇게 짧고도 긴 여행을 함께 웃고 즐기며 보냈다. 아내와 나는 호기심 많고, 한창 걷기 시작하는 아이를 따라다니느라 구경도, 먹는 것도, 노는 것도 자유롭지 못했지만 부모님들이 즐기시고 좋아하시는 모습에 만족했다. 양가 부모님을 모시고 떠난 태국 여행은 잊을 수 없는 추억이 되었다.

첫 돌을 축하하는 여행, 우리 가족만의 특별한 여행이 되었다.
아쉽게도 계획한 것과는 달리 처음이자 마지막 여행이 되었다.

모든 위대한 생각은 걷는 자의 발끝에서 나온다

- 니체 -

밥상 예찬

"매일 해야 하고 하루 세 번이나 챙겨야 하는 일"

밥을 대하는 나의 태도다. 어린 시절 아침에 어머니가 깨우면서 하는 말이 "밥 먹어"였다. 그럴 때마다 침묵하거나 "안 먹어"라고 말했던 기억이 난다. 저녁 밥상 앞에서 항상 말씀하셨던 것 중의 하나가 보릿고개였다. 경상도 남자 특유의 과묵한 아버지는 어린 시절에 먹을 게 없어 굶주렸다는 얘기, 농민의 마음을 헤아려 밥그릇에 쌀 한 톨도 남기지 않고 먹어야 한다는 것을 늘 강조하셨다. 참 지겹게 느껴졌었는데, 덕분에 밥그릇을 깨끗하게 비우는 습관을 가진 것도 사실이다.

어머니는 식당을 하셔서 손이 크셨다. 무엇이든지 한 번 하시면 양이 엄청났다. 그래서 한 가지 음식을 질리게 먹었던 기억이 많다. 나는 국을 먹지 않는다. 생일날 먹는 미역국도 먹지 않는다. 어느 날, 어머니가 끓여주신 추어탕을 먹고 "맛있네"라고 말했었다. 그 말 한마디에 어머니는 추어탕을 한 솥 끓여놓았다. 매 끼니마다 추어탕이 올라왔는데 며칠을 계속 먹었더니 헛구역질이 나올 정도였다. 결국, 그 뒤로는 추어탕의 '추'자도 떠올리기 싫어졌다. 카레, 버섯볶음 등 몇 가지가 더 있었다. 그때부터 음식에 대해 "맛있다", "좋아한다"라는 얘기를 하지 않았다. 밥을 맛있고, 즐겁게 먹지 못했다.

대학 진학 후 집에 혼자 있는 시간이 많아지면서 주식은 라면이 되어갔다. 빠르고 간단하게 한 끼를 해결하는 데 이것보다 좋은 것은 없었다.
"파 송송, 계란 탁"
이것이면 충분했다. 그때부터 나에게 한 끼란 그저 배고픔을 해결하는 것이었다.

한 끼를 잘 넘기면 그만이라는 생각을 하게 되었다.

하지만 아내의 한 끼는 나의 생각과는 완전히 달랐다. 매끼 먹을 음식을 새롭게 준비했으며, 반찬통이 냉장고에 들어가는 걸 좋아하지 않았다. 오래된 음식은 맛이 없다면서 그때그때 해 먹어야 한다고 말했다. 아내는 한 끼를 먹기 위해 많은 시간을 투자했다. '많이 해 놓고 조금씩 꺼내 먹으면 편하고 시간도 줄일 수 있을 텐데'라는 생각이 떠나지 않았다.

한 접시에 여러 음식을 담지도 않았다. 메인 음식이 있어야 했고, 국도 있어야 했다. 나는 한 가지 요리로도 충분했지만, 아내는 정식 스타일이었다. 말하자면 나는 김치찌개만 있어도 충분했지만, 아내는 밑반찬과 국도 필요했다. 하루 세 끼를 챙겨먹는 것은 나에게 '일'이었다. 어떻게든 간편하고 빠르게 먹기를 원했지만, 아내는 하루 한 끼라도 정성껏 잘 챙겨 먹어야 하는 사람이었다. 음식을 먹은 후, 쌓여있는 접시를 보면 설거지 걱정이 앞섰다.
'얼른 먹고 얼른 치워야 하는데…'

밥 먹는 것이 힘든 일이라는 생각으로 시간을 아꼈던 나와는 달리, 아내에게는 즐거운 시간이었던 모양이다. 그런 아내 덕분에 한 끼가 '때우기'가 아닌 '밥상' 이 되었다. 잊어버렸던 "맛있다"라는 말도 되찾게 되었고, 밥 먹는 일이 즐거운 일이 되어 가고 있다. 밥상에서 "깨끗이 먹어야 한다"라는 잔소리는 여전하지만 바쁜 일상 속에서 빨리 준비해 말없이 먹고 일어나는 자리가 아니라, '함께 밥 먹는' 시간으로서의 공간으로 점점 변해가고 있다.

질려서 먹지 못했던 음식과, 국을 먹게 되었고, 직접 요리도 하게 되었다. 나름 자신 있는 요리도 생겼다. 볶음밥, 카레, 떡볶이는 아내와 아이들이 좋아하는 음식 중의 하나가 되었고 이벤트로 가족이나 지인들에게 선보이고 있다.

먹거리 중요성에 대해 관심이 점점 커지고 있는 요즘, 아내와 얘기하면서 우리는 80세까지 건강하게 사는 것을 목표를 잡은 적이 있다. 오래 살기보단 건강하게 사는 게 더 중요하다는 것을 알기 때문이다. 그러기 위해서라도 잘 먹어야 한다. 끼니마다 아주 잘 차려 먹을 필요는 없겠지만 한 끼라도 건강하게 맛있게 먹는 것이 중요하다는 사실을 새삼 깨닫고 있다.

아이를 정말 좋아하시나요?

"아이를 정말 좋아하나 봐요?"

아이들과 외출하면 우리 가족의 모습을 보고 호기심 반, 신기함 반으로 얘기를 걸어온다. 이 말을 들을 때마다 어떻게 답해야 할지 망설여진다. 진지하게 얘기하기도, 웃음으로 넘기기도 참 애매하다.

우리 가족은 6명이다. 아내와 나 그리고 아들 둘, 딸 둘. 결혼이 늦은 건 아니었지만 마흔을 앞두고 있던 2019년에 막내가 태어났다. 모두 두 살 터울인데 막내만 3살 차이다. 그러니깐 갓난아기를 2년마다 만나고 있는 셈이다. 사람들마다 놀라움 반, 걱정 반이다. "아이를 정말 좋아하나 봐요?"로 시작되는 이야기는 이제 일상이 되었다.

나는 새로운 갓난아이가 태어날 때마다 그간의 경험은 온데간데없고 새롭게 시작하는 기분이다. 그래서 아내에게 둘째, 셋째, 넷째가 태어날 때마다 삶이 다시 리셋 되는 것 같다고 얘기하곤 했다. 봄, 여름, 가을, 겨울을 지내면 다시 봄이 오듯이 2년이 지나면 다시 처음으로 되돌아가는 느낌이었다. 요즘 시대에 4명의 자녀는 희소하긴 하다. 셋째 때부터는 밖에 나가면 주위의 시선이 느껴졌는데, 남의 시선에 둔한 나 역시도 그걸 느꼈다. 괜히 민망하고 부끄러운 느낌이었다. 넷째를 낳고부터는 자연스레 주위 시선을 신경 쓰지 않게 되었다. 적응이 된 모양이다.

밖에 나가면 '다자녀 아빠'라는 타이틀 때문인지 자상한 아빠로 보는 시각이 많다. 솔직히 나는 아이들을 좋아하지 않았다. 네 아이의 아빠인 지금도 아이들과 사회적 거리를 두고 있다. 여전히 아이들과 잘 놀아주지도 못하면서, 잔소리만 늘어놓고 있다. 어렸을 때 나보다 어린 아이는 좋아하지 않았던 것 같다. 나보다 어려서인지, 재미가 없어서인지, 대장 노릇 하기 싫어서인지 모르겠다. 동생들을 챙기지 않았다. 오히려 혼자 있는 것이 편했다.

내가 아이를 예뻐할 때는 신생아부터 만 2살 전후까지였다. 옆에 앉아 눈만 마주쳐도 좋아하는 나이까지였다. 조금 더 커서 걷거나 자아가 생기기 시작하면서 나의 관심은 줄어들었다. 이런 내가 다자녀 아빠가 된 데에는 아내의 욕심이 컸다. 물론 넷째는 나도 원하기는 했지만. 둘에서 셋으로 가는 여정과 셋에서 넷으로 가는 여정에는 엄청난 차이가 있다. 아이 둘과 셋은 단지 한 명의 아이가 더 생겼다는 차이밖에 없지만, 사회에서의 인식은 다르다.

'다자녀 아빠'라는 타이틀을 얻게 된 그 순간을 잊을 수 없다. 그 날은 크리스마스 이브였고, 결혼 후 처음으로 둘만의 시간을 보내기 위해 아이들은 할머니 댁에 맡기고 콘서트장을 찾은 날이었다. 공연을 마치고 돌아와 집 근처 맥도날드에 들렀다. 거기서 아내는 셋째를 임신했다고 얘기했다. 아내는 담담하고 조용하게 얘기했지만 내 귀에는 청천벽력처럼 들렸다. 어떤 생각도 할 수 없었고, 무슨 상황인지 판단이 서지 않았다. 아이 셋, 다자녀 아빠라니 믿을 수 없었다. 다자녀라는 단어는 부모의 어깨를 무겁게 하는 말이었고, 결코 내가 범접할 수 없는 영역이라고 생각했었다. 꿈을 꾸는 것 같았고, 뭔가 한참 잘못되었다는 생각이 들었다. 만우절인가 따져보고, 한참 동안 현실부정이 계속되었다. 생각지도 못한 일이 일어났다.

하지만 셋을 낳은 후, 한 명쯤 더 가지는 것은 별로 힘들지 않았다. 아들 하나, 딸 둘, 부족한 아들 하나를 더 낳아 2대 2로 만들면 좋겠다는 생각이 들었다. 셋이나 넷이나 한 명 더 낳는다고 크게 바뀔 것이 없어 보였다. 셋을 넘어서는 순간부터는 내 한계를 넘어선 것인지도 모르겠다. 셋이 되는 순간, 셋이나 넷은 차이가 없어보였다.

결혼 당시만 해도 주위 사람들에게 아이는 한 명만 낳아 잘 기르고 싶다고 얘기했다. 아이를 키우는데 많은 돈이 필요한 이 시대에 아이를 많이 낳는 건 힘든 인생을 사는 거라고 생각했다. 아이가 한 명씩 늘어날 때마다 부담감이 점점 커져갔다. 조금이라도 가장으로서의 부담을 덜 수 있는 것은 입을 줄이는 거라고 생각했다. 그래야 조금이라도 나의 삶이 편할 거라고 생각했다.

하지만 시간이 흐른 지금 되돌아 생각해 보면 아이가 4명이 되었다고 해서 나의 삶이 희생되거나 힘들어지지 않았다. 오히려 아이들 덕분에 더 혜택을 받으면서 살아가는 것 같다. 만약 결혼 전으로 돌아간다고 해도 마냥 다자녀라는 타이틀이 무서울 것 같지 않다. 해보기 전에는 알 수 없다고 했던가. 딱 내가 그렇다.

숲에 정해진 길은 없다

8살이 되면 초등학교를 입학하고, 중학교, 고등학교까지 졸업해야 된다고 생각했다. 어떠한 이유든 학교를 그만두거나, 졸업 하지 못하면 문제라는 시선을 피하기 어렵다는 선입견을 가지고 있었다.

아내는 첫째가 태어나고 가정보육을 시작했다. 어린 나이일수록 부모와의 애착이 중요하다. 아이와 놀이터에서 시소를 타는 일, 손을 잡고 걷는 일, 시장에 가서 장을 보는 일, 물감 놀이를 하는 일, 이런 일상의 시간 속에서 부모와 함께하는 게 중요하다고 생각했다. 그리고 5살이 되었을 때 학업을 고려해 유치원에 보냈다.

유치원에 가게 되면서 엄마와 떨어지기 싫다며 울고, 떼쓰기가 수차례 반복되었다. 시간이 지나면 적응 할 거라고 생각했지만 그렇지 않았다. 유치원에 잘 적응하나 싶었지만 아내는 아이의 행동이 조금씩 변하는 걸 느꼈고, 아이가 보내는 신호로 받아들였다. 그때부터 유치원 생활에 대해 고민하기 시작했다. 학습이 아닌 놀이 중심이 되는 학교를 알아보기 시작하고, 수시로 대안학교, 사립학교, 놀이에 특화된 학교에 대해 이야기하기 시작했다. 홈스쿨도 언급하기 시작했다. 아내의 교육에 대한 생각이 나날이 커져갔다.

부모참관 수업이 있던 날이었다.
영어, 코딩, 수영수업에 이어 마지막 발레 수업 시간이었다. 하얀색의 발레복은 어떤 동작을 해도 귀엽게 보였다. 노래가 흘러나오고 다 같이 하나의 동작을 표현해가는 동안 아이는 발레동작이 아닌 독특한 동작을 하기 시작했다. 자세히 보니 만화영화에서 나오는 주인공의 모습을 따라하고 있었다. 누구도 신경 쓰지 않고 꼿꼿이 마지막 포즈까지 취하는 모습에 한참을 지켜봤다. '내 아이에게 저런 면이 있었다니' 조금 놀라웠다. 발레 수업이 끝난 후, "아들 멋있었어"라고 엄지 손가락을 치켜들자, 아이가 대답했다.

"선생님이 엄마, 아빠 오시니깐 가장 멋진 모습을 보여주래요. 멋있었죠?"

그렇게 아이는 자기가 생각하는, 가장 멋있는 동작을 우리에게 보여 주었다.

아내는 그 동안 생각해온 홈스쿨에 대해 털어놓기 시작했다. 보통의 아이들과는 다른 특별한 점이 있다고 말했다. 하지만 나는 싫어도 할 수 없이 해야 하는 게 있고, 그게 살아가는 방법이라고, 아들이 남들과 조금 달라도 그 속에서 이겨내고 적응해야 된다고 생각했다.

하지만 솔직하게 고백하면 학창 시절, 대학이 전부가 아니라고 생각하면서도 학교를 거부하거나 바꿔보거나 앞장서서 나서지 못했다. 그러면서 공부에 재능이 없었고, 관심이 없었기에 자식들에게 공부에 대한 기대는 하지 않아야겠다고 생각했다. 공부에 관심이나 재능이 없다면 굳이 대학은 갈 필요가 없을 것 같았다. 아무 목적 없이 대학 4년을 보내고 공부하는 척하는 것은 시간 낭비일 테니까. 그 시간에 자기가 하고 싶은 일을 찾고 관심 있는 것에 시간을 쏟는다면 그게 더 유익할 거라고 생각했다. 자기가 원하는 것을 스스로 찾아나가는 과정이 더 중요하다고 생각했다.

홈스쿨이 자기가 원하는 것을 찾아 스스로 해나가는 과정이라는 아내의 말을 들었을 때, 오랫동안 품고 있던 나의 생각과 다르지 않아 찬성했다. 무엇보다 아내를 믿었기에 따르기로 했다.

아이를 위한 홈스쿨이 시작되었지만, 아이에게 좋은 영향을 주기 위해서는 나부터 바뀌어야 했다. 좋은 습관 하나를 가지는 것은 어렵지만, 나쁜 습관을 버리는 건 더 어렵다. 그런 까닭에 아내와 많은 마찰을 빚었지만, 내가 변하지 않으면 좋은 방향으로 가기 힘들다는 사실을 깨달았다. 단순히 아이를 위한 홈스쿨이 아니었다. 나를 위한 홈스쿨이기도 했다.

아이 넷을 낳는 동안 우리 가족은 많은 어려움을 겪었다. 9.11테러에 버금가는 금융위기가 찾아오기도 했고, 앞이 보이지 않는 역경으로 한걸음도 내디딜 수 없는 순간이 오기도 했다. 우리가 가고 있는 이 길이 맞는 걸까? 잘못된 길을 가는 게 아닐까? 라는 고민에 빠진 날도 많았다. 그리고 지금도 많은 순간을 고민과 선택으로 살아가고 있다.

하지만 한 가지 확실한 것은 누구의 결정과 도움이 아닌 스스로 길을 찾아 앞으로 나아가고 있다는 사실이다. 이 길이 어디로 이어질지는 먼 훗날 길 끝에 도착해야만 알 수 있을 것이다. 끝이 보이지 않는 길이라도, 내가 가는 길이 어디를 향하는지 알기에 두렵지 않다. 지금 내딛는 점과 점들이 선을 이루고 형태를 갖추어 내 앞에 나타날 거라고 믿고 있기 때문에.
아이들이 온전히 자기 자신으로 살아갔으면 좋겠다.

"숲에 정해진 길은 없다. 가고자 하는 곳이 길이다. 다만 앞서서 간 사람만이 있을 뿐이다"

책 읽는 가족

첫째가 4살이 되던 해 TV를 없앴다.

회사일로 늦게 들어오면 자리에 앉아 자연스럽게 TV를 켜놓고 잠이 들 때까지 리모컨을 놓지 않았다. 아내의 부름이나 요청을 듣지 못할 정도로 빠져 있었다. TV에 빠져들수록 가족과의 시간은 부족했고, 아내와의 대화는 점점 줄어들었다. 책을 좋아하던 아내는 바보상자에만 빠져 있는 내가 안타까웠는지 TV를 없애자고 제안했다. 사실 반대하기는 했지만, 아이들을 위해서라도 TV를 없앨 필요는 있었다.

TV가 없어지자 집의 환경도 변했다. 같이 할 수 있는 시간이 늘어났으며, TV 안의 세상이 아닌 우리만의 세계에 집중할 수 있었다. 아이들이 심심해할 때마다 책을 읽어주고 주말마다 도서관을 찾았다. 우리나라 사람의 연평균 독서량은 7.3권으로 한 달에 한 권도 읽지 못한다고 한다. 그 평균을 깎아먹는 사람이 나였고, 그만큼 책과 담을 쌓고 있었다. 시험 기간에만 찾았던 도서관을 아이들에게 책 읽는 습관을 길러주기 위해 시간을 내어 주말마다 찾았다. 아이들을 위해 찾은 도서관이었지만, 시간이 늘어날수록 나에게도 변화가 생겼다.

아내가 보는 책이 궁금해졌고, 아내가 빌린 책을 나도 모르게 살펴보게 되면서 책에 관심을 가지게 되었다. 아내의 책 사랑이 나에게 좋은 영향을 준 셈이다. 그렇게 시작된 책 읽기는 제주도로 가면서 습관적으로 자리 잡게 되었다.

바쁜 일상에서 벗어나 여유 있는 삶에서 우리 가족은 자주 도서관을 들락거렸다. 사실 책을 읽어주는 것이 여간 힘든 일이 아니었다. 같은 책을 여러 번 반복해서 읽을 때에는 고역이었다. 읽기가 힘들어 억지로 읽은 날에는 아이들도 나의 목소리 톤을 듣고 바로 알아챈다. 재미가 없다는 것이었다. 그럴 때 마다 엄마에게 달려가 읽어달라고 얘기했다. 책을 읽어주는 것도 나보다 아내가 한 수 위였다.

그림책은 한 권을 읽는 데 그리 오래 걸리지 않아 반복적으로 읽어줄 수 있었다. 그렇지 않았다면 내가 먼저 지쳤을지도 모른다. 그렇게 수많은 책을 반복해서 읽어 주다 보니 첫째는 내용을 외우기 시작했고, 한글을 깨우치기 시작했다. 나는 그 사실에 상당히 놀랐다. 가르쳐주지 않았음에도 한글을 혼자 깨칠 수 있다는 것은 신기함과 놀라움의 연속이었다. 책 읽기의 이로움을 알고 난 뒤부터 더욱 빠져들었다.

나 역시도 아이들을 위해 의무적으로 찾은 도서관에서 기다리며 책을 하나씩 꺼내보기 시작했다. 판타지 소설부터 읽기 시작했다. 재미가 있으니 하루 한 권은 일도 아니었다. 그렇게 읽기 시작한 것이 여행 책, 집 관련 책, 자기 계발서, 독서 책으로 옮겨 다니기 시작했다. 그러다 나의 첫 인생 책 『마흔, 아이와 함께 하는 아빠의 책 읽기』를 만났다. 독서의 중요성에 대해 더욱 확신을 하는 계기가 되었다.
"인생을 바꾸기 위해서는 꿈이 있어야 하고, 꿈을 만들기에 가장 좋은 방법은 독서일 것이다"

내 삶을, 내 꿈을 찾기 위한 책 읽기의 시작이었다. 아이들을 위해 찾은 도서관이 나에게 더 큰 의미가 되어갔다. 독서의 중요성은 백번을 말해도 부족하다는 것을 스스로 깨닫게 되었다. 그렇게 1년 동안 우리 가족은 정말 많은 책을 읽었다. 물론 아이들의 그림책이 대부분이었지만, 그 양은 어마어마했다.

어느 날 차 안에서 도서관으로부터 전화 한 통을 받았다. 우리 가족이 1년에 한 번씩 도서관에서 선정하는 제주시 〈책 읽는 가족〉에 선정되었다는 소식과 함께 시상식에 참석해달라는 요청이었다. 생애 처음 받아보는 상이였기에 믿을 수가 없었다. 전화를 끊자마자 이 놀라운 사실을 아내와 아이들에게 전했다. 차 안은 흥분과 감동의 도가니가 되었다.

시상식이 열리는 책 문화 대전 행사 당일, 발걸음은 유난히 가벼웠다. 늦은 저녁 시간 한껏 차려 입고 행사장으로 향했다. 그날은 하늘도 더 파랗고, 세상이 아름다워 보였다. 상을 받을 생각에 기다리는 시간조차 즐거웠다. 우리 차례가 왔고, 단상에 올라가 상을 받는 영광을 누렸다. 우리가족의 이름이 다 새겨져 있는 기념패를 받았다. 가족 모두가 공동으로 받은 상이었기에 더 가치가 있었다.

책만 읽었을 뿐인데 아들은 한글을 깨치고, 나는 책 읽기의 중요성을 배웠고, 우리 가족은 상을 받는 영광까지, 생각지도 못한 일들의 연속이었다. 어떻게 독서를 사랑하지 않을 수 있을까?

아직도 우리가족의 책 읽기 사랑은 계속되고 있다.

진짜 아빠가 되다

응애~응애~!

분만실 밖에 앉아 기다리는 도중 들려오는 아기의 울음소리. 아기가 세상 밖으로 나왔다. 간호사는 아내와 아기 모두 건강하다는 말과 함께 탯줄을 자를 가위와 장갑을 끼워주었다. 담요에 싸여 나온 아기를 자세히 볼 시간도 없었다. 생살을 자르는 듯, 질긴 탯줄을 세 번이나 잘랐는데 늘 기분이 이상하다. 아내와 아기의 연결고리를 내가 끊어서인지, 나와의 연결고리가 없는 아쉬움 때문인지, 아내는 많이 힘들었는지 침대에 누워 숨을 고르고 있었다. 수고했다는 말과 함께 눈을 감은 채 힘든 웃음을 짓는 모습에 안타까움과 미안함이 들었다. 세상에서 분만이 제일 큰 고통이라고 하는데 겪어보지 않은 나로서는 어떤지 짐작조차 할 수가 없다.

아내의 빠른 회복을 위해 배를 계속 눌러주어야 하는데도 내 팔의 아픔만 생각해 하다말다를 반복했다. 점점 횟수가 현저히 줄어들었다. 탯줄 자를 때의 모습은 온데간데없이 말끔하게 씻겨온 아기. 유리 창 너머에 있는 아기는 가까이 있는 것 같으면서도 멀게 느껴졌다. 아기의 숨소리, 냄새, 체온을 느낄 수 없었다. 안아볼 수도 만져볼 수도 없는 상황에서 아빠와의 거리는 더욱 멀게 느껴졌다. 요즈음 아이의 양육과정에서 아빠의 역할이 중요하다고 강조한다. 하지만 첫 만남부터 멀기만 했다.

그렇게 첫째, 둘째, 셋째를 병원에서 출산했다. 그리고 네 번째 아기가 찾아왔지만 자연유산과 태아수종으로 두 명의 아이를 먼저 보냈다. 세 명의 아이가 태어날 동안 한 번도 겪어보지 못한 유산으로 아픔을 겪었다. '넷째는 욕심인가

보다'라는 생각이 들었다. 다른 한편으로는 아무 문제없이 잘 태어나준 아이들에게 감사함과 고마움이 느껴졌다.

2019.10.27. 집에서 넷째를 출산하다.

'세 명으로 감사하고 만족하며 살자'라고 결심한 지 얼마 되지 않아 임신소식이 들려왔다. 앞선 두 번의 일로 기쁨보다는 걱정과 두려움이 먼저 찾아왔다. 이번에도 유산이 되면 어떡하지, 너무 힘들 것 같은데, 걱정과 고민을 거듭해도 뾰족한 수가 생기는 것은 아니었다. 잘 태어나 주기를 바라는 수밖에 없었다. 태명도 '튼튼이'라고 지었다. 그 즈음, 영천으로 거주지를 옮겼다. 인생은 삼세번이라고 했던가, 세 번째 기회를 살릴 넷째맞이 출산준비에 들어갔다.

하지만 문제가 생겼다. 영천에는 출산이 가능한 산부인과가 없었다. 산부인과라면 모두 출산이 가능한 병원이라고 생각했는데 그게 아니었다. '영천시'인데 출산이 가능한 곳이 한 군데도 없다니 당혹스러웠다. 출산을 위해 첫째부터 셋째까지 낳은 부산으로 원정을 가야할지, 그나마 가까운 대구로 가야할지 고민이 시작되었다. 어느 쪽이든 쉽지 않았다. 아내가 출산하는 동안 집과 병원을 왕래하는 시간과 거리가 만만치 않을 것 같았다. 어느 날 아내가 말했다.

"영천에 조산원이 있다는데 그곳에서 출산 하는 건 어때?"
"조산원? 집에서 아기를 낳자고? 너무 위험하지 않을까?"

좋은 병원시설과 의학의 힘을 버리고 예전 방식으로 아기를 낳겠다는 아내의 말을 이해할 수 없었다. 혹여나 잘못될까봐 걱정이 앞섰다. 아내의 용기와 자연출산에 대한 기대감이 없었다면 아내의 결정에 따르지 못했을 것이다.

출산이 임박한 어느 날 새벽, 아내는 배가 이상하다며 나를 흔들었다. 잠결에 제대로 일어나지 못해 비몽사몽 하는 동안 아내는 느낌이 왔는지 조산사에게 전화를 했다. 긴장한 아내의 표정에 잠이 확 달아나 버렸고, 그때서야 정신을 차렸다. 아내는 아직은 견딜만한지 분만을 위한 준비를 시작했다.

아침 일찍 조산사가 왔고, 나와 아이들은 잔뜩 긴장한 채 거실에서 상황을 지켜보며 앉아 있었다. 아기가 곧 나온다는 얘기에 아이들과 함께 들어선 작은방. 방안의 온도와 열기는 나와 아이들로 하여금 숨조차 쉴 수 없게 만들었다. 벌써 땀에 흠뻑 젖어 자기 자신과 사투를 벌이고 있는 아내의 모습을 보니 마음이 무겁고 미안했다. 무통주사도 없이 고통을 견디는 아내를 위해 해 줄 수 있는 거라고는 땀에 젖은 머리를 쓰다듬고 손을 잡아주는 것 밖에 없었다. 아이들도 처음 보는 광경에 벽에 기대어 아무 말이 없었고, 나 역시 겉으로는 담담한 척 했지만 아이들과 똑같이 얼어붙어 있었다. 어떻게 지나갔는지 모르는 시간이 흘렀고, 아기의 머리가 조금씩 보이기 시작했다.

아내의 몸에서 분리되어 빠져나온 작디작은 아기, 태어나자마자 안아본 아기는 처음이었다. 가슴이 벅찼다. 내 손으로, 내 몸으로 체온을 느끼고, 울음소리에 아빠의 목소리를 들려주고, 손가락, 발가락 하나하나를 일일이 확인해가며 내가 이 아기의 아빠라는 사실을 온몸으로 느꼈다. 부성애라는 것이 아기를 안아보고, 느껴보면서 생겨나는 감정이 아닐까 생각했다.

곁에서 출산의 과정에 참여해 아픔과 안타까움을 함께 느끼고, 힘든 시기를 지나 드디어 아기가 나왔을 때의 감정을 느꼈다. 아내의 몸에서 나와 분리된 작은 생명의 탄생과 따뜻한 온기가 손을 통해, 발을 통해 나에게 전해졌다. 이전에는 느껴보지 못한 어떤 감정이 한줄기 눈물과 함께 온몸에 전율을 일으켰다. 나는 그렇게 아빠가 되었다.

아이들도 동생이 어느 날 갑자기 불쑥 찾아오는 불청객이 아니라는 것을 알게 되었다. 아기를 신기해하며 보살펴주는 모습에 동생으로 받아들인 것 같았다. 엄마의 뱃속에서 나오는 모습을 보면서 나도 저렇게 태어났구나, 자신이 소중하다는 감정도 느끼지 않았을까 싶었다.

우리가족에게 너무나 소중하고 사랑스러운 아기가 생겼다.

어머니와 자식의 유대는 자연스럽게 형성되지만,

아버지와 자식의 유대는 만들어 가는 것이다

− 「에밀」, 장 자크 루소 −

작은 변화로 생겨난 일

내 삶에 큰 변화 중 하나는 운동이다. 어릴 적부터 구기운동을 좋아했었다. 말없고 소심하고 존재감 없는 아이였지만, 운동할 때 만큼은 달랐다. 축구, 농구, 야구 등 공으로 하는 운동에는 빠지지 않았다. 매일같이 뛰고 움직였기에 체력에는 나름 자신이 있다고 생각했다. 하지만 체력운동은 달랐다. 팔굽혀 펴기, 턱걸이는 하나도 해내지 못했다. 마르고 약했다. 힘쓰는 일은 좋아하지 않았고 잘 하지도 못했다. 흔히 말하는 약골이었다.

결혼 전까지 몸무게가 거의 일정했기에 먹어도 살이 안찌는 타입이라고 생각했다. 친구들이 몸 관리를 위해 헬스장에 가자고 했을 때도 '돈을 써가며 힘든 일을 하고 싶을까'라는 생각을 했고, '평생 할 거 아니면 하지 마'라고 잔소리를 했다. 그런 나였지만 결혼을 하고 30대가 되면서 몸무게가 늘어나기 시작했다. 신혼 땐 살이 붙으면서 보기 좋아 보인다는 말까지는 괜찮았지만, 몸에 맞지 않는 옷이 나오기 시작하면서 얘기가 달라졌다. 결국 마음에도 없던 체력운동을 하기로 마음먹었다.

늦잠 자던 버릇을 바꾸고 새벽에 일어나 매일 동네를 뛰기 시작했다. 뛰고 난 후 공원에 들러 턱걸이, 팔굽혀펴기를 했다. 물론 못 하는 날도 있었다. 처음 에는 한 번에 완주하기가 힘들었지만, 일주일을 달리고 나니 한번에 3km 정도 되는 거리를 완주 할 수 있었다. 힘이 들었지만, 조금씩 삶에 활력이 생기기 시작했다. 오히려 운동을 한 날은 몸이 더 가뿐했고, 하루를 활기차게 보낼 수 있었다.

운동하는 재미가 붙기 시작하자 산에는 관심조차 없던 내가 오름(산)도 오르기 시작했다. 그동안 등산은 학교나 회사 야유회 차원에서 가는 것 외에는 갈 일이 없었다. 산을 좋아하지도 않았고, 산에 가는 목적은 정상을 찍고 빨리 내려오는 게 전부였다. 하지만 운동을 시작하면서 자연에 대한 인식이 조금씩 바뀌었다. 자연이 주는 경치와 주위환경이 눈에 들어오기 시작했고, 아름다운 경치를 볼 수 있는 등산의 매력에 흠뻑 빠졌다. 제주도의 오름(산)들을 하나하나 오르면서 체력에 대한 자신감이 생기면서 우리나라에서 제일 높다는 한라산까지 도전해 보기로 했다.

2월, 예년과 다르게 따뜻한 어느 날 과감하게 한라산 윗세오름을 오르기로 마음 먹었다. 아이들과 함께 오르기에는 제일 수월한 코스였다. 날씨가 많이 풀리긴 했지만 산위에는 기온차가 많이 나기 때문에 옷을 조금 더 챙겼다. 아직 햇볕이 들지 않은 골짜기에는 눈이 그대로 쌓여 있었다. 아이들은 그동안 멀리서 눈으로만 보던 제일 높은 산을 오른다는 것에 신나는 눈치였다. 급하지 않게 천천히 주위 풍경을 눈에 담으면서 오르기 시작했다. 눈 밟는 재미와 계곡의 물 흐르는 소리는 정상까지 가야하는 우리의 발목을 잡기에 충분했다. 조금 힘들다 싶으면 간식으로 힘을 냈고, 쉴 구간에서 충분히 쉬고 오르기를 반복했다. 계단구간은 가면 갈수록 능선 꼭대기까지 끝없이 이어져 있었다. 윗세오름은 계단구간이 제일 힘든 구간이었지만 그 못지않게 경치가 좋았다. 능선에서 내다보이는 제주도 풍경과 병풍바위는 체력의 한계에 다다를 때마다 힘이 되었다.

어린 아이들이 힘들어하지 않고 잘 오르는 것을 보고는 윗세오름의 쉼터에서 아주머니가 했던 말이 기억에 남는다.
"아이고 잘 오르네. 다음 목표는 에베레스트예요?"
생각하지도 못한 에베레스트 얘기에 당황하긴 했지만 잘 오른다는 얘기에 아이들 모두 힘을 내주었다. 그동안 많은 오름을 오르면서 체력이 생겼는지, 왕복 7시간의 등산에도 힘들어하지 않고 잘 오르는 아이들이 대견해 보였다.
한라산에서 자신감을 얻은 우리 가족은 제주 도보 일주를 결심했다. 짧게는

10일에서 길게는 20일이 걸리는 긴 일정, 날씨와 중간중간 예기치 못한 변수가 있을 수 있으므로 만반의 준비를 했다. 하루 동안 걸어 갈 수 있는 거리를 정하고, 연습으로 두세 번 4시간씩 걸어보기도 했다. 숙박은 그 전날 하루만 예약하기로 했다. 아침과 저녁을 숙소에서 직접 조리해 먹기 위해 간단한 조리도구를 챙겼고, 점심만 이동하는 길에서 해결하기로 했다. 옷가지도 여유 있게 챙겼다. 70L의 큰 배낭임에도 식구가 많아서인지 유모차에도 짐이 제법 실렸다.

첫째는 자전거, 둘째는 킥보드, 셋째는 유모차, 아내와 나는 도보로 14일 동안 걸어서 제주도를 한 바퀴 돌았다. 14일간의 여행은 모험이었고, 즐거움이었고, 환희였으며, 우리 가족이 하나가 되는 행복한 시간이었다.

살을 빼기 위해 시작한 운동이 오름과 한라산을 통해 제주 도보 일주까지 이어졌다. 그야말로 작은 변화가 큰 변화를 만든 것이다. 내가 하는 행동이나 선택이 어떤 결과로 이어질지 모르지만, 그 점들이 하나로 모여 연결되고 이어져 결과를 나타냈다. 애플의 창업자 스티브 잡스의 말이 생각난다.

"10년이 지난 후 돌이켜 보니 그 점들은 이미 모두 연결되어 있었다. 나는 지금 여러 개의 점을 찍고 있는 중이다"

오늘도 나는 가족과 함께 그 점들을 꾸준하게 만들어 가고 있다.

에필로그

하고 싶은 것, 해보고 싶은 것, 잘하는 것이 없었다. 다람쥐 쳇바퀴 돌리듯, 하루 하루 반복적으로 살아왔다. 하루가 특별하지도, 보람차지도 않았다. 빨래를 바짝 말려주는 햇볕이 보이지 않았고, 어두운 길을 걷는 등을 비춰주는 보름달도 보이지 않았다. 어제도, 오늘도, 내일도 그저 똑같은 하루일 뿐이었다. 어제의 하루가 오늘에게 미치는 영향이 무엇인지 애써 확인하지 않았고, 오늘이 내일 에게 건네는 말이 무엇인지 궁금하지 않았다. 가랑비에 온 몸을 적실 수 있다는 것을, 소리 소문 없이 내린 하얀 눈이 온 세상을 하얗게 만들 수 있다는 것을, 큰 변화는 아주 작은 조각으로부터 시작되었다는 것을, 나는 놓치고 있었다.

그런 나에게 아내는 한줄기 빛 같은 길잡이가 되어주었다. 아내를 만난 후 내가 놓친 것을 발견할 수 있었고, 정든 곳을 떠나 넓은 세상을 만날 수 있었다. 타인의 세계에서 벗어난 혼자만의 시간을 통해 '나'를 되돌아볼 수 있었고, '나' 라는 사람에게 고마움과 기쁨을 느낄 수 있었다.

'이전과는 다른 삶을 살 수도 있구나'
'이전과는 다른 나로 살아갈 수도 있겠구나'
'나도 변화를 일으킬 수 있는 사람이구나'
'내 안에도 내가 모르는 무언가가 많이 있었구나'

남들과 다르지 않은 보편적 삶을 살아가는 것이 최선이라고 생각했다. 남들이 만들어 놓은 길을 따라가면서 중간이라도 하면 충분하다고 생각했다. 그렇지만 지금은 아니다. 앞이 보이지 않고 어디로 향하는지 알 수 없지만, 예정되어 있는 목적지보다 한 번도 가보지 않은 길을 찾아 가는 것이 재미있는 인생이라는 생각이 든다.

결혼, 홈스쿨, 퇴사, 시골생활, 다자녀 아빠까지.
혼자서는 쉽지 않을 길이었다. 항상 나에게 힘을 주고 격려와 조언을 아끼지 않은 아내가 있었기에 여기까지 올 수 있었다. 퇴사 후 4년간의 시간은 내 삶의 가장 중요한 순간으로 기억될 것이다. 나만이 갈 수 있는 길을 찾아가고 있다며 당당하게 걸어가고 있다. 가끔 잘 가고 있는지 뒤돌아보게 되거나, 걸음을 멈추고 고민에 빠지는 날도 있다. 그럴 때마다 나는 이 문장을 떠올린다.

"가기 쉬운 길과 무난한 일은 나중에 어려워지기 마련이고,
힘든 길과 어려워 보이는 일은 나중에 종종 쉬워지기 마련이다"

영원히 살 것처럼 배우고 내일 죽을 것처럼 살아라

– 탈무드 –

꿈꾸는

이명주입니다

연습 중입니다.
하는 일에 더 열정을 쏟기를,
하지만 마음은 고요하고 사려 깊어지기를,
날마다 연습 중입니다.

현재 독서코칭 프랜차이즈 회사인 책나무의 공동대표로
아이들이 독서하는 환경을 만들어 나가고 있습니다.

프롤로그

에필로그

프롤로그

내 앞에는 해야 할 일이 늘 있었고, 하고 싶은 일도 많았다. 그러다보니 항상 동동거리며 뛰어다녔다. 자연스레 빨라진 걸음걸이에 식구들과 함께 어딜 가도 세 남자를 제치고 가장 앞에서 걸어가는 사람이 나였고, 동료들과 카페를 가면 맨 앞에서 씩씩하게 문을 열고 들어가는 사람이 나였다.

어느 날, 자정을 넘길 때까지 일을 하고 잠시 스마트폰을 열었을 때 '공저쓰기 프로젝트'를 발견했다. 슬그머니 마음이 동했다. 평소 생각이 많은 나였기에, 글쓰기가 도움이 되지 않을까라는 생각이 들었다. 하지만 용기가 필요한 일이었다. 머릿속에 와글거리는 생각을 글로 정리하면 좋겠다는 마음에도 불구하고 신청 댓글을 수없이 쓰고 지웠다. 그렇지만 이 기회를 놓치면 여전히 지금과 똑같은 모습으로 남을 것 같았다. 용기를 내었다. 신청댓글을 남기고 심호흡을 한번 한 뒤 등록 버튼을 클릭했다.

글을 쓰려고 마음먹으니, 가만히 생각하는 시간을 자주 갖게 되었다. 지나온 시간이 툭툭 말을 건네 왔다. 행복했던, 간직하고 싶었던, 의미를 부여했던 일이 하나, 둘 스쳐 지나갔다. 동시에 의식 어디선가 잠들어 있던 후회되고, 안타깝고, 힘들었던 기억도 불려 나왔다. 그 모든 것들은 한참동안 재잘거리더니 차츰차츰 모습을 다듬어 제자리를 찾아 갔다.

희한하게 생각하는 시간이 늘어남에 따라 일의 속도도 함께 조절되기 시작했다. '세상의 속도'가 아닌 '나의 속도'로 내게 일어난 일을 새롭게 바라보게 되었다. 어떤 일은 인생의 특효약이 되기도 하는데, 내게는 글쓰기가 그랬다.

내 주변의 사람과 그들 속의 '나'가 보이기 시작했다.
조금씩 '본다는 것(見)'의 의미를 알아가고 있다.

변화, 그리고 시작

2000년, 남편이 전역했다. 장교 생활을 끝내고 민간인이 되었다. 불행하게도 당시 IMF 경제위기로 많은 기업이 문을 닫으면서 온 나라에 실업자가 넘쳐났다. 남편이 몸담아야 할 곳도 사라졌다. 우리는 군 생활 동안 박봉을 쪼개가며 모았던 적금을 깨서 생활비로 썼다. 목돈은 한번 허물어 쓰기 시작하니 순식간에 부스러기가 되어갔다. 나는 둘째를 시어른들께 맡기고 동생과 함께 공부방을 시작했다.

동생과 함께 일을 하는 동안 참 재미있었다. 하지만 시간이 갈수록 자꾸 회의감이 들었다. 한 달 동안 가르쳐야 하는 양은 정해져 있고 학교 수업에 맞춰서 진도를 나가야 했으며 출판사에서는 교재를 매달 배달해 주었다. 하지만 아이들은 교과 내용을 잘 이해하지 못했고 아무리 정성 들여 설명해주어도 눈만 껌뻑거리곤 했다. 더 기초적인 것부터 가르쳐주고 싶은 마음이었지만, 시간에 쫓기며 교재를 끝내야 하는 상황과 타협해야 했다. 눈을 질끈 감았다. 이해하지 못하면 외우게 했고 문제 풀이 위주로 수업을 진행했다. 때로는 다음날 시험을 앞두고 공부방 문을 나서는 아이의 등을 향해 으름장을 놓았다.
"오늘 배운 이 문제를 틀리고 오면 혼내 줄 거야"

그렇게 만족감 없이 기계처럼 일만 하던 나는 점점 지쳐갔다. 이해하지 못하는 아이와 시험 성적이 가장 중요한 학부모 사이에서 중심잡기가 어려웠다. 그러나 돈 때문에 쉽게 그 일을 그만두지 못했다. 힘이 들 때는 아이들 인원수를 세면서 수입을 계산했다. 내가 얼마나 한심한 어른이었는지, 두고두고 나 자신을 부끄럽게 했던 일이었다.

시간이 지나도 상황이 나아질 조짐은 보이질 않았다. 남편의 일은 불확실했고 내가 버는 것도 신통찮았다. 목적지가 어디인지 모르고 길을 갈 때는 더 멀게 느껴지듯, 얼마나 더 시간이 가야 상황이 좋아질지 모르는 답답한 날들의 연속이었다. 그때마다 나는 스스로를 위로하며 중얼거리곤 했다.

'나는 지금 터널을 지나가고 있다, 언젠가는 환한 빛이 보이는 터널의 끝이 나올 것이다'

힘든 상황에서도 평온해질 때가 있었는데, 퇴근 후 아이들을 재우고 책을 읽을 때였다. 책은 현실의 괴로움을 순식간에 사라지게 했고, 미래를 꿈꾸게 했다. 현실에서의 도피였는지, 순수한 독서의 즐거움이었는지 알 수 없지만 나는 닥치는 대로 책을 읽었다. 처음에는 쉽게 읽히는 소설을 읽기 시작했고 점차 자기계발서, 시, 수필도 읽어나갔다. 시간만 나면 언제 어디서나 책을 집어 들었다. 심지어 출퇴근길 정지신호를 만나면 그 틈을 타 핸들 위에 책을 올렸다. 신호를 놓쳐 빵빵거리는 소리를 듣고서야 출발하기도 했었다. 몇 년 동안 엄청난 양의 책을 읽었다.

남편의 일이 안정을 되찾았을 때 나는 공부방을 때려치웠다. '때려치웠다'라는 표현이 딱 맞을 정도로 뒤도 돌아보지 않고 그만두었다. '나는 더 좋은 일을 할 거야. 아이들도 살리고 나도 사는 일을 할거야'라고 다짐했다. 내가 일을 그만 둘 수 있는 환경을 만들어 준 남편이 고마웠다. 이후에도 아이들과 함께하는 몇 가지 일을 했다. 그러던 어느 날 상사 한 분이 나에게 이렇게 말했다.

"이명주 선생님. 말을 참 잘하시네요. 내가 잘 가르쳐서 멋지게 키워주고 싶어요"
"네? 아, 네…."

뜻밖의 칭찬에 감사하다는 말도 드리지 못하고 얼떨떨한 표정만 짓고 있었다.

나는 그런 사람이 아니었기 때문이다. 어린 시절, 말없고 의욕도 없으며 공부도 그만그만했던 아이였다. 크게 부모 속을 썩이지도 않았고, 있는 둥 없는 둥 존재감 없는 아이로 그렇게 어른이 되었다. 그래서 그분의 갑작스런 칭찬은 낯설었다. 하지만 시간이 지나면서 내가 조금씩 변해간다는 것을 인정하기 시작했다. 정확하게 무엇이, 어떻게 변했는지 설명할 수 없지만 지쳐있던 내가 조금씩 단단해지고 있음이 느껴졌다.

'소심 덩어리였던 내가 어떻게 이렇게 변했을까?'

오랜 기간 동안 찬찬히 생각해보니 변화에 가장 크게 영향을 미친 것은 책이라는 결론에 이르렀다. 읽은 것이 어떤 책들이었는지 기록해두지 않아 대부분 제목도 내용도 가물가물하다. 하지만 책 속의 철학이, 아름다운 문장이 다양한 형태로 저장되어 나를 속으로부터 변화시켰음이 분명했다.

독서 관련 책을 찾아 읽기 시작했다. 읽는 책마다 '맞아 맞아' 열심히 고개를 끄덕이고 밑줄을 그어가며 책을 읽었다. 독서는 읽는 사람에게 엄청난 양의 어휘와 지식을 빠른 속도로 전해주고, 그 지식과 어휘는 사고의 힘이 되어준다. 이런 환경에 노출되지 못한 아이들은 배경지식이 없어서 학교 수업 중 선생님의 설명을 이해하는 것이 어렵다. 생각하는 힘이 허약해서 알고 있는 지식을 유기적으로 엮지 못하기 때문이다. 그러다보니 쳇바퀴 돌듯, 공부가 계속 어려웠던 것이다. 아이들이 공부를 하지 않았던 것이 아니라 할 수 없었던 것이라는 사실을 알게 되었다. 그래서 결심했다.

'아이들에게 책을 읽히는 일을 해야겠다. 나도 변했으니 아이들은 더 빨리 변할 것이다'
'간절히 하고 싶었던 일, 아이들도 변화하고 나도 성장하는 멋진 일, 일방적으로 가르치지 않고 스스로 지식에 접근하고 그 지식을 활용할 수 있도록 도와줘야지'

'주인공에 공감하며 다른 사람을 이해하는 힘을 기르게 하고, 더불어 자신을 바라볼 힘을 키우게 하겠다'

다시는 스스로에게 부끄러운 일은 하지 않겠다고 다짐했다. 가슴이 두근거리기 시작하니 두려움도 없어졌다. 세심한 사업 계획을 세우는 일은 두 번째 문제였다. 그냥 좋아하는 일을 한다고 생각하니 용감해졌고, 행복해졌다.

하지만 그런 나의 마음과는 다르게 그때에는 책 읽는 데 돈을 들여야 한다는 것에 거부감을 가진 사람이 많았다. 독서는 한글을 알면 저절로 되는 것이고, 읽고 싶을 때 읽으면 된다고 생각했다. 독서보다는 눈앞의 교과 공부가 더 급한 수많은 학부모님을 설득했다. 재촉하지 말고, 저마다 발전 속도가 다름을 인정하며, 스스로 변할 때까지 기다려 달라고 말했던 일이 벌써 10년을 훌쩍 넘겼다. 필요한 프로그램을 만들고, 아이들을 관찰하며 지나 온 시간들이다. 그동안 내가 생각했던 것보다 더 멋지게 변화가 일어났다. 집중력이 길어지고, 읽어내는 책의 수준이 점점 높아졌다. 아이들의 성장하는 눈빛은 여전히 나를 가슴 설레게 한다. 어느새 나의 키를 뛰어넘으며 사춘기를 지나가는 아이들, 고전을 읽고 철학을 읽으며 머리와 가슴이 풍성해지는 짜릿한 일을 오늘도 한다. 구본형 작가가 말씀하셨다.

"그대의 일이 놀이가 되기를, 그대의 삶이 축제가 되기를"

오늘도 그 분의 말씀대로 놀이처럼 일을 하고, 축제 같은 인생을 위해 내 열정을 투자한다.

언제나 내가 아닌 다른 무엇이 되고 싶었던 것 같다
하지만 나는 이제 내가 되고 싶다

- 구본형 -

독서,
그 아름다운 여정을
책나무가 함께 합니다.

성장하는 공간, 책나무

나는 매일 〈책나무〉에 출근한다. 문을 열고 들어가면 사방 가득 책장에 가지런한 책들과 아이들의 책상이 기다리고 있다. 이 안에서는 마치 마법의 힘이 있는 것처럼 근심걱정이 순식간에 사라진다. 이곳은 내가 꿈꾸고 희망하며 일을 하는 곳이다.

2009년 책나무를 시작했다. 지금은 많은 사람들이 아이의 교육 전반에 독서의 중요성을 이야기하지만 처음 시작한 11년 전에는 그렇지 않았다. 책을 읽는 것이 필요하다는 생각을 하면서도 중간고사, 기말고사의 성적을 목표로 공부를 시키는 것이 더 중요했다. 하지만 나와 동료는 한 치의 의심 없이 독서의 힘을 믿었다. 스스로 성장하는 아이를 키워내고 싶다는 생각으로 겁도 없이 생소한 독서 학원을 시작했다. 그리고 긴 시간이 흐르는 동안 회원이 된 아이들은 책을 읽어 나갔고 우리의 기대보다 더 많이, 제대로 성장해 주었다.

책나무의 철학은 '아이 중심, 독서 중심'이다.
책나무는 프로그램을 만들어놓고 거기에 맞춰 수업하는 방식이 아니다. 먼저 아이의 독서 상태를 면밀히 관찰하고 가장 적합한 독서 단계를 적용해 준다. 책을 읽는 과정에서 철저하게 아이를 중심에 두고 있다. 우리는 앞에서 끌고 가는 사람이 아니라 조력자, 북코치의 역할을 한다.

많은 독서 프로그램이 쓰기에 치중하는 경우가 많은 반면, 책나무는 읽기와 표현하기의 균형을 중요하게 생각한다. 고요히 책의 세상에 건너가 있는 동안 아이의 뇌는 이해하고 조합하며 상상하고 판단한다. 주인공의 아픔과 기쁨에 공감하며 현실보다 더 다양한 인물을 만나 세상을 알아간다. 그 과정에서 아이는 몸만 가만히 있을 뿐 뇌는 모든 기능을 총동원해 움직인다. 그런 작업이 집중력을 높여주고 배경 지식을 키워준다. 독서와 표현의 시간들이 누적되어 임계치를 넘으면 뇌는 놀랍게 변해 효과가 겉으로 드러나기 시작한다. 뇌가 개발되는 것이다. 이렇게 후천적으로 키워진 능력은 선천적인 학습 능력과 맞먹는 힘을 가지게 된다.

책나무는 회원에게 개별 맞춤 독서 프로그램을 진행하고 있다. 우리는 아이의 학년과 독서력, 성향까지 고려하여 편하게 책을 읽을 수 있는 환경을 제공한다. 그것이 책나무가 제일 잘하는 일이며, 더 잘하고 싶은 일이다. 책을 고를 때는 제목과 표지, 책 속의 구성과 삽화를 넘겨보며 자신이 원하는 것을 선택하게 한다. 그 순간이 독서의 시작이라고 보기 때문이다.

책을 읽고 나면 선생님과 북토킹하는 시간을 가진다. 그때는 먼저 아이의 이야기를 들어주는 것이 중요하다. 책은 재미있었는지, 힘든 점은 없었는지 눈을 맞추며 소통한다. 어떤 장면이 마음을 끌었고, 읽으면서 일어난 생각은 무엇인지 함께 나눈다. 아이 스스로 독서의 과정을 되짚어보는 기회가 되며, 입력된 정보를 꺼내 재처리하는 시간이 되기도 한다. 어른들은 알고 있는 지식을 아이들에게 자꾸 넣어주려고 한다. 아는 것이 많으면 똑똑하다고 생각하기 때문이다. 하지만 아무리 가르쳐도 아이들은 자신이 받을 수 있는 양만큼 가져간다. 이해되지 않는 정보는 장기기억으로 저장되지 못한다. 반면 책을 읽으며 고개를 끄덕이거나, 갸우뚱거리며 끊임없이 사고하는 시간을 가지면 비록 속도는 더디지만 결과는 놀랍다.

마지막 단계는 독후 활동을 통해 표현하는 시간이다. 맞춤 작업을 위해 수천 종에 이르는 자료가 준비되어 있다. 좋은 문장을 많이 읽으니 좋은 문장을 쓸 수 있고, 어휘력이 풍부하고 배경지식이 많으니 표현하고자 하는 바를 정확하게 나타낼 수 있다. 그리고 생각하는 힘이 있으니 머릿속 생각을 종이 위로 옮기는 일이 힘들지 않게 된다.

민서라는 학생이 있었다. 초등 2학년 때 처음 책나무의 문을 열고 들어왔다. 말이 없는 아이였다. 민서는 자신의 속도대로 천천히 책을 읽어나갔고, 한 번 잡은 책은 아무리 힘들어도 끝까지 완독했다. 어려운 책을 읽을 때면 내가 괜히 애가 타서 책을 바꾸는 게 어떠냐고 옆구리를 찌르곤 했다. 중학생이 되어 첫 시험을 치렀을 때 평범했던 그 아이가 반에서 1등을 했다는 소식을 전해주었다. 다음 해에는 전교 상위권에, 또 다음 해에는 전교 1등을 차지했다. 독서의 위력이 발휘되는 것을 가슴 두근거리며 지켜보았다. 지금은 고등학교 2학년이 되었는데 가끔 보고 싶은 마음에 카톡 선물을 보내주기도 한다.

형욱이는 5학년이다. 4년째 책나무에 다니고 있다. 형욱이는 같은 종류의 책을 옆에 잔뜩 쌓아두고 한 권씩 읽는 것을 좋아했다. 책 읽는 습관이 잡혀있지 않던 형욱이는 그렇게 책에 재미를 붙였다. 얼마 후엔 점점 더 선택의 영역을 넓히더니 지금은 전 분야의 책을 막힘없이 읽는다. 형욱이의 매력은 자존감이 높아 자신의 행동에 언제나 당당한 것이다. 어느 날 방귀가 순간적으로 크게 나와 조용히 책을 읽던 주변의 아이들이 모두 쳐다보았고, 선생님과도 눈이 마주쳤다. 씨익 웃으면서 일어나 선생님한테 오더니 작은 목소리로 조곤조곤했다고 한다.
"선생님, 제 방귀 소리가 너무 컸죠? 죄송합니다아…"
보통의 아이라면 부끄러워 얼굴이 빨개졌을 텐데 당당하게 자신을 드러내는, 자신감이 가득한 아이다. 언제나 할머니께서 데려다 주셨는데 할머니의 손자 사랑이 지극하셨다.
"우리 형욱이는 정말로 사랑스런 아이라요. 목마를까 봐 물을 갖다 주면 할머니, 물 정도는 내가 알아서 먹을게요. 할머니 무릎 아픈데 자꾸 움직이지 마세요라고 한다니까요"
형욱이의 매력이자 힘이다. 책도 잘 읽는데 심성도 고운 아이, 책나무와 함께 자라고 있다.

서영이는 7살 겨울에 왔다. 책을 떠듬떠듬 읽을 수 있는 수준이었다. 서영이는 삼 남매의 맏이로 엄마를 실망시키지 않으려는 의지가 강했다. 그래서 항상 자신의 수준보다 월등히 높은 책을 골라왔고 선생님의 질문에 한 번도 모른다는 대답 없이 눈치로 가늠해서 말을 하였다. 우리는 아이의 심리 상태를 있는 그대로 인정하기로 하였다. 잘하는 척 하고 싶은 마음은 누구에게나 있는 감정이기 때문이다. 서영이를 위해서 항상 선생님 추천 도서 한 권을 정해주었다. 서서히 읽고 쓰며 독서력을 키워나갔다. 지금은 5학년이 되었다. 항상 주변에서 책을 가장 잘 읽는 아이가 서영이라는 평가를 받는다고 어머니가 소중한 말씀을 전해 주셨다.

책나무에는 수많은 민서, 형욱이, 서영이가 있다.
책나무의 하루는 잔잔하고 귀여운 사건들로 가득하다. 책에서 만난 이야기로 명철한 해석을 끌어내 선생님들을 깜짝 놀라게 하는 일도 종종 볼 수 있다. 아이들이 만들어내는 책장 넘기는 소리가 세상 어떤 하모니보다 아름답다. 이 아름다운 공간을 사랑하지 않을 수 없다. 책나무가 수많은 아이들의 맹렬한 독서 공간이 되어주고 그들의 성장과 함께하기를 기대한다. 따끈한 책나무 바닥에 엉덩이를 붙이고 하염없이 책의 바다를 건너가는 아이들의 정신이 나날이 풍요로워지기를 희망한다.

정민 교수님의 「삶을 바꾼 만남, 스승 정약용과 제자 황상」에 이런 내용이 나온다. 어느 날 황상이 정약용에게 물었다.
"스승님, 저는 공부하는데 세 가지 문제점이 있습니다. 첫째 너무 둔하고, 둘째 앞뒤가 꼭 막혔으며, 셋째 답답한 것입니다. 저 같은 아이도 정말 공부할 수 있나요?"
이 질문에 정약용은 "공부는 꼭 너 같은 사람이 해야 한다. 부지런히만 하면 된다"고 대답해 준다. 그 말에 황상은 용기를 얻어 밤낮으로 열심히 공부한다. 정약용과 황상의 일화에 관해 저자인 정민 교수님은 이렇게 정리했다.

너도 할 수 있다고, 너라야 할 수 있다고 북돋워 준 한마디가 소년의 삶을 온통 뒤흔들었다. 이 한 번의 가르침 이후 소년의 인생이 문득 변했다.

책을 읽으면서 내가 하는 일의 가치에 대하여 한참동안 생각했다. 독서로 아이의 인생이 바뀐다는 것은 책나무의 방향과 다르지 않았다. 아이들이 책나무에서 부지런히 문장을 읽어가다 어느 날 문득, 어떤 책 어느 행간에서 아이의 인생이 변해있기를 기대해본다.

책나무로 출근하는 길은 마법의 세계로 가는 길이다.

나는,
책나무가 너무 좋다.

판피린 사랑

"엄마, 나왔어요. 에구에구…"
"우리 딸 힘들었지?"

명절, 친정에 도착하면 늘 오가는 대화이다. 종갓집 맏며느리인 나를 엄마는 항상 안쓰럽게 바라보신다. 나이 들어 중년이 된 지금도 그 순간만큼은 엄마에게 어리광 피우고 싶어진다. 갑자기 머리가 아프면서 몸살기가 도는 느낌이다.
"엄마, 나 머리 아파"
그 말이 떨어지자마자 엄마는 싱크대 문을 열고 우리 집 만병통치약, 판피린 한 병을 꺼내 오신다. '따다닥' 작은 병뚜껑을 따고 훌쩍 마신다. 빈 병에 물을 조금 넣어서 마시면 뒷맛이 달콤하다. 그 모습을 지켜보던 약사인 막내 동생이 짜증을 낸다.
"아, 쫌! 어디 아프면 나한테 증상을 말하라고. 기침이면 기침, 두통이면 두통, 증상에 맞게 약을 줄 테니까. 판피린만 자꾸 먹지 말고"

우리 집 여자들의 판피린 사랑은 한 해, 두 해 일이 아니다.
할머니, 엄마를 거쳐 지금 우리 자매들에게까지 아주 오랜 역사를 가지고 있다.

할머니는 대단히 열정적인 여성이었다. 어린 시절 할머니가 띄엄띄엄 해주신 이야기로 퍼즐을 맞춰보면 교과서에 나오는 굵직한 사건이 차례로 등장한다. 일제 강점기에 일본으로 건너가 죽을 만큼 고생하셨다며 긴 한숨을 내쉬셨다. 6.25전쟁 통에 홍역 걸린 둘째 아들을 제대로 치료하지 못하고 잃은 후 심한 우울증에 걸리기도 하셨다고 했다. 제방 공사하는 인부들을 상대로 장사를 하시면서 돈을 벌어 동네에서 가장 넓고 멋진 집도 짓고, 동네 앞 비옥한 논밭도

장만하셨다고 하니 참으로 대단하신 분이었다.

자식에 대한 사랑도 진취적인 분이셨다. 시골 동네에서 손자, 손녀를 공부시키려고 도시로 나오셨다. 돌이켜보니 할머니의 용기에 응답하여 우리들이 좀 더 근사하게 자라주었어야 하지 않았을까, 싶기도 하다. 어른이 된 지금, 그 일이 얼마나 대단한 일이었나 생각해 보게 된다. 보수적이셨던 할아버지를 고향에 두고 홀로 당당히 앞장서서 집을 구하고 학교를 알아보셨다. 분명, 가족 누군가의 반대를 이겨내셨을 것이고, 도시의 집을 마련하기 위해 얼마간의 밭도 팔았을 것이다. 동네 사람들은 의아한 눈으로 할머니를 바라보았을 것이고, 또 유난을 떤다는 뒷말도 있었을 것이다. 원하는 일을 한다는 건 그만한 책임도 져야하는 것을 할머니는 몸으로 보여주셨다.

우리는 할머니가 싸주시는 도시락을 들고 학교에 다녔다. 몇 년 뒤에는 시골집을 정리하고 온 가족이 대구로 나오게 되었다. 부모님은 장사를 위해 따로 계셨고 할머니가 남편과 다섯의 손자, 손녀 대식구를 챙겼다. 그때부터였을까. 아니, 그 이전부터였을 것 같다. 며느리 몫의 일까지 떠맡은 할머니의 고달픈 일상은 머리를 아프게 했을 것이고, 늘 근육통에 시달리게 했을 것이다. 그때마다 할머니는 판피린 뚜껑을 따셨음이 분명하다.

동네 골목길 끄트머리에 백합 약국이라는 곳이 있었다. 할머니의 단골 약국이었다. 그곳에서 늘 박스로 구입하는 판피린을 몇 백 원, 몇 십 원 더 깎으려고 한참 동안 옥신각신하시던 장면은 오래된 사진처럼 기억 속에 남아있다. 자식들이 속 썩일 때마다, 돈이 궁할 때마다, 큰살림에 온몸이 쑤실 때마다 병원 대신 판피린을 드셨다. 그러던 어느 날, 할머니는 우리 저녁을 해 먹이고 그리도 사랑했던, 하나뿐인 손자 옆에 누우시면서 '아이고 머리야...' 하셨다. 그리고는 다시 일어나지 못하셨다. 고생하며 키운 손주들 병간호도 받아보지 못하고, 병원에서 시간 맞춰 주는 약도 한번 드시지 못하고 돌아가셨다. 할머니는 평생 헌신밖에 없었던, 그 시절 대부분의 여자들이 겪은 전형적인 희생의 삶을 살고 가셨다.

할머니가 살림을 도맡아 해주신 덕에 엄마는 온전히 돈 버는 일만 하셨는데 '책으로 내면 열 권짜리 인생'이었다. 조금은 고지식하시고 정직하시며 누군가에게 피해를 주는 일은 결코 하지 않으셨다. 사업을 하거나 살림을 사는 것보다는 오히려 학자가 되면 더 좋을 성향을 가지셨다. 아버지는 젊은 시절 외모가 출중하셨고, 노래 좋아하고, 농담 좋아하시며 인생을 멋들어지게 살고 싶어 하는 분이시다. 두 분은 성향이 그리 맞지 않는 편이었다. 아버지는 화가 나면 불같은 부분이 있었다. 영화처럼 살고 싶은데 자식 다섯을 키운다고 작은 가게에 매여 있었으니, 그 답답함이 오죽 했을까. 여자는 남편을 하늘같이 섬겨야 한다는 교육을 받은 엄마는 자식들이 마음 아파할까 봐 꾹꾹 참아가며 아버지의 성격에 맞추어 살아오셨다. 물론 시간이 조금 더 흐른 후, 엄마가 약자라는 생각에서 벗어나 아버지 또한 견디고 자제하며 살아왔다는 사실도 알게 되었다.

공단 근처에서 식당과 작은 슈퍼마켓을 함께 운영하시면서 365일 엄마의 허리에는 앞치마가 둘러져 있었다. 다섯 명의 자식을 대학까지 공부시키려면 한 달에 돈을 얼마나 벌어야 했을까? 대충 계산해 봐도 두 분은 꽤 많은 돈을 버셨을 것 같은데, 당신들의 안위나 즐거움을 위해서는 한 푼도 쓰지 않으셨다. 당연히 그럴 여력이 없었을 것이다. 다섯 아이가 먹을 것을 먼저 달라고 제비처럼 입을 벌려대고 있었을 테니 말이다.

엄마는 힘든 시간을 지나는 동안, 할머니가 그랬던 것처럼 판피린 뚜껑을 따셨다. 판피린은 약의 성분이 무엇이건 간에 지금도 팔순이 된 엄마를 지켜 주고 있다. 작은 약 한 병으로 서운함을 달래고 걱정도 달랜다. 또 지금 우리 자매들도 그 뒤를 잇고 있다.

얼마 전, 엄마에게 갔을 때 함께 갔던 여동생이 징징거렸다.

"엄마, 나 몸이 좀 찌뿌둥해"

"서랍에 있는 판피린 한 병 먹어라"

"엄마, 그냥 나 작은 거 한 통 가져갈게"

"엄마, 나도요~"

나오는 길에 냉큼 한 통 챙겼다. 그 판피린은 약사인 막내 동생이 여전히 투덜거리며 엄마에게 갖다 준 것이다. 할머니가 그랬듯, 그 며느리인 엄마가 그랬듯, 나도 싱크대 서랍에 판피린을 넣어두고 으슬으슬 몸에 한기가 느껴지면 뚜껑을 딴다.

따다닥!

신은 모든 곳에 있을 수 없기에 어머니를 만들었다

- 유대 속담 -

한 번 넌지시 물어 볼 걸 그랬어요

이제서야 고백하지만 나는 키워주신 할머니를 한참 동안이나 미워했다.

나는 경북 성주군 용암면, 겨우 삼십 호쯤 되는 작은 동네에서 딸 넷과 아들 하나 중 둘째딸로 태어났다. 할머니는 손자 손녀가 학교에 들어갈 나이가 되면 하나, 둘 대구로 데리고 나오셨다. 언니를 데려오고 그다음은 나, 바로 밑의 남동생은 조금 빨리 온 것 같기도 하다. 아무 걱정 없이 행복하기만 했던 시골에서와는 달리 대구에서의 생활은 외로웠다. 갑자기 내 생활에서 엄마가 빠졌고, 친구도 사라졌고, 뛰놀던 언덕이 없어졌다. 비료 포대기를 타고 머리카락을 휘날리며 내려오던 가파른 무덤가, 마을 언니들을 따라 냉이를 캐던 들판, 동네 초입의 쭉 뻗어 자란 멋드러진 미루나무가 사라졌다. 그 아름다운 고향이 그리워 가슴이 아련했지만, 어디에도 말하지 못하고 그리움을 가슴에 묻어 두었다. 진한 그리움은 아마도 엄마가 거기 있었기 때문일 것이다. 길 가다 우연히 고향으로 가는 시외버스를 볼 때면 고향의 냄새가 떠올라 멀어져가는 버스 뒤꽁무니를 쳐다보며 한참을 서 있기도 했다.

할머니는 손자 손녀를 위해 과감히 익숙했던 동네를 떠나 도시로 나올 수 있었던 열혈 여성이었다. 그러면서도 2대 독자였던 남동생에게 온 사랑을 다 주었던 남아선호사상의 중심에 계셨던 분이기도 했다. 그래서 더 외로웠다. 언니는 맏이라, 동생은 아들이라 귀했지만 나는 이도 저도 아니었다. 유일하게 할머니에게 칭찬받을 때가 있었는데 그건 내가 터를 잘 팔아서 남동생을 봤다는 것이었다. 할머니는 밥을 차려주실 때 남동생 밥을 제일 먼저, 다음은 언니, 마지막으로 내 밥을 퍼 주셨다. 그때마다 내 밥그릇 가장자리엔 주걱을 긁어낸 밥풀이 납작하게 눌려 붙어 있었다. 그게 싫었다. 항상 내가 마지막이라는 게.

방학이 되면 우리 모두 시골로 내려갔다. 늘 꽁무니만 쳐다보던 시외버스를 타고 한참을 달려 정류장에 내렸다. 엄마가 있는 고향 언저리, 버스에서 내리면 어린 아이가 걸어가기에는 멀고 험한 비포장 길을 걸어가야 했다. 하지만 내 발걸음은 한없이 가벼웠다. 그립던 고향에 가는 길이었다. 한참을 걸어 동네 어귀의 당산나무가 보이면 세상 부러울 것 없는, 뱃속에 따사로운 햇살이 사르르 퍼진 행복한 아이가 되었다.

'곧 엄마를 만난다'

엄마가 해주는 밥을 먹고 산과 들로 마음껏 뛰어다녔다. 그릇에 밥풀이 눌려져 있는지는 더 이상 중요하지 않았다. 엄마의 사랑은 공평했다. 아래로 세 명이나 있는 동생들 때문에 여전히 엄마를 독차지할 순 없었지만, 그것도 문제 되지 않았다. 집도, 마당도, 뒷산도 다 내 것이었다.

도대체 방학은 왜 그리도 짧은지 곧 대구로 돌아가야 하는 날이 금세 다가왔다. 엄마는 우리가 가져갈 쌀, 반찬, 참기름을 챙기기 바빴다. 나는 가슴에 돌덩이 같은 슬픔을 얹고 엄마 뒤를 졸졸 따라다녔다. 엄마는 머리에 짐을 이고 우리를 배웅해 주셨다. 하지만 언제나 작은 개울의 다리까지였다. 실개천을 넘어가는 자그마한 다리를 건너기 전, 할머니 손으로 짐이 넘겨지면 눈물이 차올랐다. 온 몸 가득 슬픔을 가진 어린 나는, 이상하게 할머니한테는 눈물을 보이고 싶지 않았다. 울음을 참느라 심장부터 얼굴까지 달아올라 머리가 짜릿하게 아팠던 기억이 난다. 개울과, 작은 다리, 그 옆의 키 큰 미루나무 한 그루, 이별을 겪느라 땅만 바라보는 아이. 슬픈 영화의 한 장면처럼 내 기억 속에 남았다. 아무리 용을 써도 결국 다리는 건너야 했고 또다시 버스정류장으로 가는 먼 길을 타박타박 걸어갔다. 대구로 돌아오는 길을 걸으며 슬픔을 들키지 않는 법을 스스로 터득하고, 아무렇지도 않아 보이는 법을 익혔는지도 모르겠다. 그때가 내 나이 8살쯤이었다.

나는 왜 그랬을까? 엄마랑 헤어지기 싫다고 울며불며 떼써도 될 나이였는데. 할머니가 미워할까 봐 그랬을까. 감정을 드러내는 게 왜 그리 힘들었을까. 할머니한테 받는 상대적인 편애가 나를 움츠러들게 했을지도 모르겠다. 가기 싫다고, 그냥 엄마 옆에 있을 거라고 떼쓰지 못했던 어린아이는, 참는 법을 먼저 배웠다. 몇 년이 지나, 온 가족이 대구로 이사를 왔다. 부모님은 가게를 하시느라 우리와 떨어져서 지내기로 했고, 할아버지와 할머니 그리고 우리 다섯 남매가 작은 집에 복작거리며 살았다. 외로움은 줄어들었지만 남겨두고 온 시골집에 대한 그리움은 여전했다. 그렇게 중학생이 되고 고등학생이 되었다.

우리 할머니는 대단했고 멋있었다. 일제 강점기와 6.25 전쟁을 거치며, 점잖기만 했던 할아버지 대신 집안을 일으키시고 세상의 풍파를 모두 이겨내신 분이다. 손주들 밥해 먹이고 공부시키며 한 몸 아끼지 않고 살아내신 분이다. 우리가 자라는 것과 반대로 점점 연로해지신 할머니는 돌아가시는 그날까지 우리들 밥을 해 먹이셨다. 그리고 어느 저녁, 가족들 누구에게도 헤어짐을 준비할 시간조차 주지 않고 그토록 사랑하던 외동아들, 우리 아버지도 보지 못하신 채 돌아가셨다.

그리고 나는 자라서 어른이 되었고 결혼을 하고, 엄마가 되었다. 때로 슬프고, 때로 행복해하는 시간을 지나 중년이 되었다. 사는 동안 종종 할머니가 떠올랐지만, 감사하다는 마음은 들지 않았다. 할머니에게 상처 입었던 마음을 풀지 않고 꽁하게 가지고 있었다. 하지만 살면서 힘든 일을 겪고 그것을 극복해가면서 조금씩 할머니에 대한 원망이 옅어져갔다. 그때의 할머니는 내 눈에만 강한 여인이었지 실은 외롭고, 고되고 지쳤음을 알게 된 것이다. 다섯 손주 중 둘째에게까지 살뜰히 사랑을 챙겨 주기에는 삶이 그리 녹록치 않았을 것이다. 가끔 할머니는 먼 길을 걸어, 당시 조선간장 대신 나오기 시작했던 양조간장을 공장에서 말통으로 사오시곤 했다. 그 간장에 비벼먹던 달큰하고 따스했던 밥이 할머니에 대한 고마움과 함께 떠오른다.

내가 외로웠던 건 할머니의 잘못이 아니다. 힘든 마음을 앙큼하게도 완벽하게 숨겼기 때문이다. 누가 마음을 숨기라고 했나, 너는 귀한 아이가 아니라고 했나. 그저 감정 표현이 서툰 내성적인 아이가 스스로에게 상처 주었을 뿐이다. 세상을 조금 더 살아보니 비로소 알게 되는 것이 있고, 이해하게 되는 것이 있다. 응어리진 마음은 조금씩 사라지고 그 자리에 할머니의 대담함과 헌신에 대하여 감사함을 넘어 존경심이 싹트고 있다. 비록 지금 할머니는 곁에 없지만 혼자 화해한다. 그리고 용서를 빈다.

할머니

살아계실 때 한 번 넌지시 물어볼 걸 그랬어요.

나도 사랑하냐고 그랬다면

학교 갔다 와 꽁꽁 언 손을 엉덩이 밑에 넣어주시며

온기를 나눠주시던 그 눈빛으로 당연히 너도 내 새끼다 해 주셨을 테지요

또 서운할 때가 있으면 또 물어볼 걸 그랬어요. 나도 소중하냐고

그랬다면 미처 다 돌아보지 못해 미안타 해 주셨을 테지요

너무나도 늦었지만 고백할게요

죄송하고

감사합니다

그리고 그립습니다

애 잠 깨울라, 문 살살 닫아라

친정엄마는 평생 일만 하느라 자식들 도시락도 얼마 싸주지 못하셨고 여럿 되는 딸들의 성장도 함께 나누지 못했다. 부모님은 늘 바쁘셨고, 우리와 함께 산 시간보다 떨어져 산 시간이 더 많았다. 그래서인지 우리 형제들은 각자 일은 알아서 하는 독립심이 강했다. 가족들과 온갖 시시콜콜한 이야기를 나누며 사는 집이 많다는 것을 알게 되었을 때 신기하게 느껴지기까지 했었다. 부모님은 자식 다섯을 모두 대학에 보내고 결혼시키느라 당신들을 위해서는 잔돈까지 아끼며 사셨다. 그러나 함께 지낸 시간이 얼마 되지 않아 자잘한 사랑은 주지 못하셨다. 그러다가 결혼을 한 후, 딸 없이 아들만 둔 시부모님을 만나 사랑을 듬뿍 받게 되었다. 누군가의 관심을 받는 것이 얼마나 그 사람을 든든하게 하는 것인지 알게 되었다.

1994년 한글날, 결혼식을 했다. 남편은 강원도 양구에서 장교 생활을 하고 있었다. 지도를 찾아보면 민통선이 코앞에 있는, 고개를 들면 첩첩이 둘러싸인 산 위로 하늘 한 조각만 보이는 곳이었다. 당시에는 군인에 대한 혜택이 열악할 때라 결혼하더라도 관사를 다 주지 못했다. 결혼은 했지만 신혼집이 없었다. 그래서 누군가가 이사를 해서 집이 나오기 전까지 나는 시댁에서 생활하게 되었다.

지금은 아파트 단지로 개발되었지만 당시에는 시골이었던 곳에 시댁이 있었다. 남편은 양구로 가고 나는 시조부모님과 시부모님이 함께 계시는 집에서 생활했는데 불편한 점이 한 두 가지가 아니었다. 화장실도, 잠을 자는 것도, 밥을 준비하는 것도 힘들었다. 그래도 어른들이 시키는 대로 별 불만 없이 말씀대로 따랐다.

그러던 어느 날 '참, 결혼 잘 했구나'라고 생각하게 만든 일이 있었다. 시골의 아침은 일찍부터 시작이 된다. 나는 어른들이 아침에 밭에 갔다 돌아오실 때 쯤 일어나 함께 아침밥을 준비했는데 그날도 이것저것 밭에 나갈 준비를 하는 소리가 잠결에 어렴풋이 들렸다. 드르륵, 쿵쿵, 덜거덕, 문을 여닫는 소리, 농기구를 챙기는 소리 사이로 어머님께로 향하는 아버님의 목소리가 방문을 넘어 들려왔다.

"아이고 참, 그렇게 문을 쾅쾅 닫으면 며늘아 잠 깬다. 좀 살살 닫고 댕기라"
그리고 모든 소리는 무음이 된 듯 고요해졌다.

어느 날 갑자기 남편의 집안사람이 되어, 불편하고 어색했던 마음이 아버님의 한 마디에 사르르 모두 녹아버렸다. 조심스럽게 대문을 나서는 두 분의 발소리를 들으며 세상 행복하게 다시 잠들었던 그 새벽의 편안함이 지금도 기억난다. 큰아이를 낳고, 그렇지 않아도 허약체질이었던 내 몸이 더 약해져 있었다. 아버님은 한약 한 재를 먹어보자면서 한의원에 나를 데리고 가셨다. 진맥하고 있던 한의사한테 아버님은, 평생 동안 가슴에 품고 살 말씀을 해 주셨다.

"의사 선생님, 야가 우리 집 기둥입니대이. 우리 며느리 최고로 좋은 약재 아끼지 말고 넣어서 한 재 지어 주이소"
그 이후로 그분들의 큰며느리는 집안의 기둥이 되고 싶었고, 두 분의 말씀이라면 언제나 기꺼이 예스맨이 되어 드리고 싶었다. 시장 갈 땐 아버님의 팔짱을 낀 따뜻한 딸 노릇도 하고, 긴 시집살이에 힘든 어머님의 바람막이 역할을 해주려고 노력했다.

남편이 전역해서 시댁 근처로 이사를 왔을 때 일이다. 아침잠 많은 내가 겨우 눈 떠서 아침 준비를 하려고 일어났을 때 전화벨이 울렸다.

"에미야, 현관문 앞에 찌개 끓여서 놔뒀으니까 아침 꼭 챙겨 먹어라. 너 잠 깨울까 봐 이제 전화한다"
어머님이 새벽녘에 밭에 나가시면서 반찬을 가져다 두신 것이다. 문을 열어 보니 냄비가 놓여 있었다. 어머님의 사랑을 담은 온기가 그때까지 남아있었다.

어머님은 종갓집의 맏며느리이며 나도 역시 그렇다. 하지만 나는 무늬만 종갓집 맏며느리다. 일하는 며느리 고생한다고 웬만한 일은 두 분이 해버리신다. 나는 알면서도 그냥 눈을 질끈 감고 지나가는 나쁜 며느리이다. 하는 일 없이 인사만 듣는 얄미운 며느리이다.

요즘 두 분이 기력이 많이 쇠해지셔서 늘 마음이 쓰인다. '평생 효도하며 살아야지' 했던 마음은 종종 잊고, 바쁘다는 핑계로 자꾸 소홀해진다. 나보다 조금 더 여유 시간이 있는 동서한테 두 분에게 필요한 소소한 도움을 미루고 있다. 착한 동서가 있어서 얼마나 다행인지 모른다. 요즘도 제사 음식을 하느라 함께 있으면 어머님이 말씀하신다.

"나는 늬들이 며느리라고 한 번도 일 시켜 먹고 싶은 마음이 없었다. 다만 내 자식 버릇 나쁘게 키워서 미안했지 너거 미운 적은 한 번도 없었대이"

자라면서 부모님과 함께 지내지 못해 늘 사랑에 목말랐던 나에게 사랑하는 마음을 마음껏 표현해 주시고, 그 마음을 알게 해 주신 시부모님께 더없는 감사를 드린다. 누군가에게 관심을 가져주는 것은 그 사람 마음속에 평생 따뜻할 난로 하나를 넣어 주는 것과 같다. 그것은 살다가 넘어져 힘겨울 때, 위로가 되어주고 버팀목이 되어 준다. 믿는 구석을 가진 자가 되는 것이다. 어른들이 주신 난로를 잘 지켜 나의 온기가 필요한 누군가에게 나누어 주는 사람이 되어야지, 마음속으로 다짐해본다.

나와 다름

사람은 누구나 자신이 살아왔던 방식대로, 옳다고 생각하는 기준에 따라 행동한다. 나는 '이래야 한다, 저래야 한다'라는 스스로의 기준이 엄격한 편이다. 남에게 피해주지 않고 사는 것을 중요하게 생각하는 엄마의 영향 때문이라고 생각한다. 그러나 살아가면서 단단한 기준의 벽을 허물어주고, 가치관을 출렁거리게 하는 사람을 만나 유연해지기도 했다. 나에게 그런 영향을 준 대표적인 세 사람이 있다.

첫 번째는 헤나 염색을 하러 다니던 미용실 원장님이다. 그분은 나와 다르게 아주 화려한 외모를 가지셨다. 멀리서도 눈에 확 띈다. 환갑을 넘긴 나이에 미니스커트를 입으시고 컬러풀한 스타킹을 즐겨 신으신다. 나는 한창 나이에도 시도해 보지 못한 패션이다. 그런 분을 처음에는 약간 오해하여 외모에만 지나치게 신경을 쓰는 분인 줄 알았다.

사실 나는 거의 백발이다. 그나마 부작용이 적어 선택한 헤나 염색은 3시간이나 걸리는 일이었다. 긴 시간을 보내야 하다 보니 저절로 미용실에 다녀가는 분들과 원장님의 관계를 지켜보게 되었다. 어떤 분은 지나가다 커피 한 잔 하며 이야기를 풀어 놓고 가고, 어떤 분은 과일이며 뻥튀기를 전해주고 가신다. 원장님은 미용실에 있는 사람과 라면도 함께 먹고, 비오는 날엔 전도 부쳐 나누어 먹기도 했다. 격식도 없고 허물도 없었다. 고민도 들어주고, 흥도 함께 보며 사람들의 힘든 마음을 다독여 주셨다. 누군가가 텃밭에서 수확한 야채를 가져다주시면 그것을 다른 이에게 또다시 나누어 주셨다. 그분은 나이가 들어도 자신의 인생을 멋지게 가꾸어 나가신다. 새벽에 일어나 파크 골프를 즐기시고, 가끔 기분 좋게 술도 한잔하실 줄 안다. 그에 비해 나는 소주 두 잔으로 남들 두 병

먹은 것처럼 취해버리고, 오로지 열심히 일을 잘하고 싶어 하는 범생이처럼 규칙적으로만 움직였다. 완벽하게 일 처리를 하려고 애쓰다 엉뚱하게 큰 실수를 하고, 또 그것을 자책하기도 한다. 미용실 원장님은 그런 나를 되돌아보게 하셨다. 흐트러지고 싶은 마음을 이성으로 꾹 누르며 매일 앞만 보고 달리고 있었음을 알아차리게 했다. 당시 회사일로 힘들 때에도 미용실에 가면 외모도 예뻐지고 마음도 한결 풀어져서 돌아오곤 했다. 사람들과 어울려 사는 삶이 얼마나 아름다운지 제대로 알게 해 주신 분이다.

두 번째는 「그리스인 조르바」 라는 책에서 만난 인물이다. 글 속의 화자는 책으로 세상을 만나는 합리적인 사고방식을 가진 그리스의 귀족이다. 반면 갈탄 광산 노동자의 감독을 맡게 된 주인공 조르바는 야생적이고 감정에 충실하며 위험에 기꺼이 맞서는 인물이다. 조르바는 내가 상상할 수 없는 놀라운 자유로움을 가진 인물이었다. 책을 읽는 내내 머나먼 그리스에 사는 어떤 자유인을 상상하며 한껏 자유로워지는 경험을 했다.
"나는 어제 일어난 일은 생각 안 합니다. 내일 일어날 일을 자문하지도 않아요. 내게 중요한 것은 오늘, 이 순간에 일어나는 일입니다"

단순하고 가볍다. 조르바를 읽다가, 이러면 어떨까, 저러면 어떤 문제가 생길까, 온갖 복잡한 관계와 상황을 생각하고 머리를 쥐어짜는 내가 아주 초라해 보이는 경험을 하였다. 언제나 기준을 세우고 그것을 지키려 애쓰는 것이 미련해 보였다. 책을 읽고 수년이 지나도 그때의 충격이 여전하다. 너무 딱딱하지 않으려 애쓰고, 꼿꼿한 잣대를 들이대는 꼰대가 되지 않기 위해 노력하고 있다.

마지막은 남편이다. 우리 집에는 남자가 세 명이 있다. 남편과 아들 둘. 우리 집 남자들은 내가 줄기차게 책을 읽으라고 잔소리를 해도 거의 읽지 않는다. 내가 읽어서 좋았던 책들은 누구라도 읽었으면 좋겠다는 마음에 식탁 위, 때로는 소파 위, 침대 머리맡에 두기도 한다. 하지만 그것들이 선택되어 읽히는 일은 드물다. 남편을 보면서 생각한다.

'책도 별로 안 읽고 어떻게 다양한 분야의 사람들과 만나고 소통을 하지?'

그런데 참 신기한 일이다. 책을 잘 읽지 않는 남편이 항상 어떤 일에 대하여 명철한 해석을 하고 좋은 대안을 제시하곤 했다. 내가 몇 날 며칠 끙끙대며 고민하던 일을 그냥 툭 하고 해결책을 내는 것이다. 나는 사람들이 많이 모이는 일에 부담을 느끼는 편인데, 남편은 사람들과 함께 하는 일에 적극적이고 늘 앞장서서 일을 추진한다. 다양한 분야의 사람들을 만나 대화하다 보니 넓은 시야를 가지게 된 것 같다. 인생에서 중요한 것을 책을 통해 알게 되는 것이 반, 사람 사이에서 부대끼며 알게 되는 것이 반이라고 한다. 어쩌면 내가 남편을 잘 모르고 있었는지도 모르겠다. 삶에 대한 남편의 방식을 인정해줘야겠다고 생각해본다.

.

미용실 원장님과 조르바 그리고 남편. 전혀 다른 공간에서 각자의 인생을 살아가는 사람들이 나에게 다른 세상도 볼 줄 아는 사람이 되라고 가르치고 있다. 다른 사람을 통해 나를 알아간다. 나는 자유롭고 싶으나 안전한 생활을 좋아하고, 기분 내키는 대로 살고 싶으나 다른 이의 평가에 연연해 바른생활을 하려고 애쓴다. 하지만 모든 삶은 옳다고 위로한다. 나를 이해하고 다른 사람을 인정한다. 방식이 달라 낯설게 보이는 모든 사람들의 인생도 충분히 아름답고, 나도 그렇다. 나의 이중적인 흔들림, 그 자체를 인정하면서 살아 볼 계획이다.

그래서 강경화 장관처럼 더 이상 흰머리를 숨기기 위해 염색하지 말고 당당하게 살아보자고 다짐해본다. (물론 지금 당장은 아니고 좀 더 나중에...^^)

김연아 선수에게 배우다

좋아하는 운동선수가 있다. 대한민국 피겨 선수로 2010년 밴쿠버동계올림픽 시상대의 가장 높은 곳에 오른 김연아 선수이다. 이끌어 주는 선배도 없고, 제대로 된 빙상장도 갖추어지지 않은 대한민국에서 그녀가 이루어낸 결과는 기적에 가까운 것이었다고 사람들은 평가한다. 김연아 선수의 경기를 보고 스페인의 중계방송 해설자는 이렇게 말했다.

"김연아 선수와 같은 시대의 여성 스케이터들에게 유감을 표합니다. 왜냐하면 이 선수가 있는 동안은 그 누구도 그녀를 이긴다는 게 불가능할 테니까요"

김연아 선수가 너무 좋아 경기 영상을 찾아보면서 가슴 졸이고 환호하였다. 자신감 가득한 스케이팅이 얼마나 속을 시원하게 하는지, 하루의 피곤이 싹 사라졌다. 영상 속의 선수는 훈련 기간의 엄청난 고통과 정신적인 압박을 모두 견뎌내고 빙판의 구석구석을 활용하며 음악과 함께 날아오르고 완벽한 스핀을 보여 주었다. 준비한 모든 것을 얼음 위에 쏟아 부어 경기를 마친 후 두 주먹을 불끈 쥐었다. 나도 덩달아 가슴이 벅찼다.

김연아 선수를 좋아하는 이유는 무엇일까? 대회 때마다 상을 받고 결국에는 금메달을 거머쥐는 대단한 능력을 가졌기 때문만은 아니다. 남다른 강인함과 인내심, 배려심에 마음이 끌려서이다. 그녀의 생각을 엿볼 수 있는 인터뷰가 있었다.

"힘들어도 도전하는 원동력은 무엇인가요?"
"글쎄, 잘 모르겠어요. 그냥 내가 하는 일이기 때문에 하는 거예요. 아무 생각 안 해요, 그냥 하는 거죠"

최고의 대답이다. 화려한 미사여구를 사용한 말보다 훨씬 더 가슴에 기억되는 말이었다. '하는 일이라 그냥 한다'라는 말이 묵직하다.

"당신에게 꿈이란 어떤 의미인가요?
"제가 지금까지 쌓아 온 경력들이 무너지지 않도록 항상 겸손한 사람이 되고 싶어요"
"그리고 나는 성공하는 스포츠 스타가 아니라 끊임없이 성장하는 사람으로 기억되고 싶어요. 꿈을 위해 한결같이 달려가는 훌륭한 선수, 노력하는 인간 김연아로 기억되고 싶어요"

큰 성공을 거둔 뒤에는 누구라도 힘들었던 시간을 보상받고 싶어하고 또 언제 어디서나 대우 받는 것이 몸에 익으면 자신도 모르게 자만해지기 마련이다. 그런데 그녀는 그런 것을 경계하고 항상 성장해 나가며 겸손하고 싶다고 말한다. 대단한 사람이다.

"긴 선수 생활을 했었는데 그 시간 안에 힘들고 고통스러운 시간이 대부분이었던 것 같아요. 경기에 나가서 우승하면 그 순간은 기쁘고 보람을 느끼지만 그건 순간이고 다시 돌아가서 훈련을 해야 해요"

모든 행운을 다 가진 것 같은 그녀였지만, 완벽한 7분짜리 경기에는 오랜 시간 훈련의 고통이 그대로 녹아 있었다.

"컨디션이 좋고 준비가 순탄하게 잘 되면 약간 불안함이 생겨요. 이렇게 순탄하게만 갈 리가 없는데··· 이런 생각이 들어요. 항상 부상이 있고 슬럼프가 오면 그것을 겸허히 받아들이고 이 시기가 지나면 또다시 좋은 상태로 돌아간다는 것을 믿어요. 슬럼프는 이겨낸다는 마음보다 버티는 것이 중요해요"
슬럼프를 이겨내는 것이 아니라 버티는 게 중요하다니. 긴 시간 동안 혼자만의 처절한 전쟁을 치러본 사람만 가질 수 있는 정신력이다. 김연아 선수의 말이 가슴을 울렸고, 그녀가 견뎌낸 시간들의 무게가 느껴졌다.

아쉽게도 올림픽에서 금메달을 차지한 후 그녀는 잠정 은퇴에 들어갔다. 하지만 얼마 후 한국 피겨계를 위해 할 일이 남았다면서 다시 돌아왔다. 2014년 소치 올림픽에 후배들을 데리고 출전하기 위해 고단한 훈련의 고통을 기꺼이 선택한 것이다. 자신이 받은 사랑을 다른 사람에게 돌려주는 것이 의무라는 그녀의 가치관에 저절로 고개가 숙여졌다.

나는 늘 좌충우돌 하며 산다. 평소 기가 잘 죽고 의지가 약한 모습이 마음에 들지 않을 때가 많다. 마음을 굳게 먹고 시작했는데 사흘 만에 포기하는 일이 허다하고, 연초에 세웠던 계획은 지키지 못한 것이 더 많다. 생각으로는 궁궐도 짓겠는데 실행력은 한참 떨어져 머리만 복잡하다. 강해지고 싶고, 완벽하고 싶은데 어떻게 해야 할지 모르겠다. 그런데 김연아 선수가 명쾌하게 방법을 알려주었다. 해야 할 일을 외면하고, 책임을 피하려는 변명은 치우고 그냥 하라는 것이다. 선수에게 늘 부상과 슬럼프가 있는 것처럼 실수하고 실패하더라도 그것을 포기의 핑계로 삼지 말라고 얘기했다.

그래야겠다. 마음속에 일어나는 수많은 감정, 시기, 욕심, 후회, 자만 등에 깊이 빠지지 말고 그냥 자연스럽게 지나가도록 두어야겠다. 그것이 실패 없이 혹은 실패하며 가더라도 결국에는 성공하는 가장 확실한 방법이다. 누군가의 비난과 유혹을 견디며 제 갈 길을 가겠다는 사람이 세상에서 제일 힘이 센 사람이다.

오늘도 '감사하고 감사합니다'를 외치며 나에게 주어진 길을 그냥 간다.
김연아 선수가 그냥 하는 것처럼.

킹스크로스역의 샌드위치 맛을 잊지 못하다

가끔 가족들에게 말한다. 언젠가 다시 킹스크로스역 샌드위치를 먹으러 가자고. 그 샌드위치는 참 맛있었다. 하지만 그것이 전부는 아니다. 그날의 작은 두근거림과 도전, 용기의 기억이 어우러져 하나의 추억이 된 그곳에 가고 싶은 것이다.

2017년 6월 14일 첫째 아들이 전역했다. 고속버스터미널에서 만난 아들은 한껏 부풀린 부대 마크를 단 전역 모자를 쓰고, 제대 날을 위해 준비한 반짝이는 군화를 신고 있었다. 훈련병 시절, 사격 훈련을 하는 포즈가 엉성하기 짝이 없던 모습이 엊그제 같은데 대한민국의 최전방을 지키고 돌아온 아들은 근사했다. 마음이 대견하고 뭉클했다.

하지만 가족이 다시 뭉친 기쁨을 마음껏 누릴 시간이 없었다. 이른 아침부터 손자를 기다리시는 어른들께 인사를 드리러 가야 했기 때문이다. 그리고 몇 시간 뒤 새벽 두 시, 우리는 인천공항으로 가는 리무진에 몸을 실었다. 그동안 언어가 통하지 않는다는 두려움으로 패키지여행만 다니던 나는 첫 자유여행의 기대감과 두려움으로 긴장했다.

공항에 도착한 우리 손에는 각자 9박 10일, 유럽 여행 동안에 필요한 물건이 차곡차곡 들어있는 가방이 들려있었다. 아들이 군 생활을 하는 동안 적금에 가입했었다. 〈우리 함께 유럽에 가자〉라고 통장에 적어 두었다. 그리고 아들이 휴가를 나올 때마다 비행기 표를 사고, 뮤지엄 패스 카드를 사고, 유로스타도 예약했다. 제대 후 곧장 떠날 수 있도록 가방도 미리미리 준비해 두었다.

머리카락이 짧아 누가 봐도 군인인 큰아들에게 의지하며 12시간을 날아가야 하는 프랑스행 비행기에 몸을 실었다. 프랑스에 도착한 우리는 한국의 반대편인 그곳의 새로운 공기를 맘껏 들이마시며, 전혀 다른 문화가 주는 어색함을 즐겼다. 프랑스에서 4일을 보내고 프랑스와 영국 사이에 설치된 해저터널을 이용해 도버 해협을 건너 영국으로 갔다. 여행 계획을 짜는 동안 아들은 반복해서 우리 부부에게 얘기했었다. 축구를 너무나 좋아하는 두 아들은 자신들만의 일정을 짜 두었다는 것이다.

"엄마, 현우랑 나랑은 영국에 가면 프리미어리그 구장 투어를 갈 거예요. 엄마, 아빠는 같이 안 갈 거죠? 그럼 우리가 돌아올 때까지 두 분이 시간을 보내야 해요"

영국으로 온 지 3일째 되는 날, 아이들은 경기장 투어를 가기 위해 분주하게 움직이면서 우리에게 물었다.
"우리 가고 나면 뭐 하실 거예요?"
"글쎄. 그냥 숙소에서 쉬고 있을까?"
그렇게 말하면 내심 아들이 무슨 얘기라도 해 줄 거라고 생각했다. 하지만 TV 화면으로만 보던 경기장에 직접 간다는 생각에 한껏 신나서 우리는 안중에 없었다. 이런저런 이야기를 나누고 있어도 남편은 별말이 없었다. 여행 일정을 짜고, 준비하는 과정에 거의 참여하지 않았던 남편은 무얼 하든 괜찮다는 표정이었다. 그러면서도 남겨진 우리가 걱정은 되었는지 아들이 말했다.

"우리는 이제 가요. 혹시 어디 가시려면 구글맵 켜서 이렇게, 이렇게 알죠?"
"잘 다녀와. 생각해볼게"
"뭐든 알아서 해요. 우린 어쨌든 갑니다"
그리고 둘은 늦었다며 서둘러 가버렸다.

숙소에 남은 우리 부부는 온통 낯설기만 한 곳에 보호자 없이 덩그러니 놓인 기분이었다. 우선 숙소에서 10분쯤 떨어진 곳에 있는 박물관에 가기로 했다. 문밖을 나서니 며칠 동안 다녔던 길이 무척 어색해 보였다. 남편은 심한 길치여서 그때부터는 내가 남편의 보호자가 되어 주어야 했기 때문에 더욱 긴장되었다. 박물관은 자그마했고 야외에서는 작은 공연이 열렸다. 최대한 천천히 관람했지만 아들이 돌아오기까지 시간이 너무 많이 남아있었다. 우린 뭐라도 해야 했다. 다음날이면 한국행 비행기를 타야하는데 아까운 시간을 그냥 버릴 수는 없었다. 가까운 역에 점심으로 샌드위치를 먹으러 갔다. 해리포터가 마법의 세상인 호그와트로 넘어가는 9와 4분의3 승강장이 있는 킹스크로스역으로 갔다. 영어로 적힌 메뉴판은 두뇌를 총동원해도 해석이 어려웠다. 우여곡절 끝에 샌드위치를 시켰다. 고소한 빵 냄새와 달큰하고 짭쪼름한 맛이 어우러진 샌드위치는 불안한 우리의 속을 든든하게 해 주기에 충분했다.

점심을 먹으며 현대미술관인 〈테이트모던〉에 가기로 결정했다. 비디오 아티스트였던 백남준의 작품이 전시되어있는 곳이다. 남편은 길에 대한 감각이 없는 사람이고, 나는 경로가 머릿속에 없으면 불안해하기 때문에 별 일없이 돌아올수 있을지 걱정이 앞섰다. 게다가 지도 보는 것도 서툴렀다. 두근두근. 이곳으로 다시 돌아와야 했기 때문에 거리풍경을 눈에 꼭꼭 눌러 담았다. 기대감과 불안함으로 떨리는 심장을 달래며 반대편 버스를 타지 않도록 몇 번씩 확인했다.

잠시도 핸드폰을 손에서 놓지 않았다. 남은 정류장 숫자를 세느라 아름다운 건물따위는 눈에 들어오지 않았다. 얼마만큼 가야 하는지 모르는 낯선 길은 멀게만 느껴졌다. 버스에서 내린 후 몇 번의 횡단보도를 건너고 지하도를 따라 한참을 걸었다. 눈치껏 사람들이 많이 걸어가는 방향으로 따라 가기도 했다. 그렇게 도착한 현대미술관에서 백남준의 작품을 만났다. 세계적인 거장들과 함께 번듯한 전시실을 차지한 대한민국 작가의 작품을 감격에 겨워하며 감상했다. 몇 시간후 해가 서쪽으로 기울기 시작하자 마음이 조급해졌다. 어둠 속에서 길을 잃으면 낭패였다. 왔던 길을 다시 하나하나 되짚어가며 돌아왔다.

며칠 동안 다니면서 눈에 익은 킹스크로스역을 보는 순간 '아, 집이다'라는 생각이 들면서 긴장이 한꺼번에 풀어졌다. 얼마 후 숙소에서 만난 아들에게 우리의 무용담을 한참 늘어놓았다. 그 후 혼자서도 어느 나라든 갈 수 있겠다는 용기가 생겼다.

새로움은 긴장감과 어느 정도의 스트레스를 준다. 편하지 않기 때문이다. 하지만 모르는 세상으로 넘어가 두려움을 경험하고 나면, 어느새 그것은 늘 있었던 것처럼 익숙해진다. 동시에 다른 세상으로 건너오면서 견딘 시간은 스스로를 더 단단하고 멋지게 변화시킨다. 고생하고 긴장되었지만, 누군가를 의지하지 않고 뭔가를 해낸 그때의 경험은 나의 뇌 깊숙이 저장되어 언제든 꺼내 되새김할 수 있는 힘으로 남아있다. 또한 살면서 또 다른 형태의 용기가 되어 도전할 수 있는 끈이 되어 주고 있다.

언젠가 또 다른 도전의 기회가 생기면 조금 머뭇거리겠지만 기꺼이 다른 세계로 발을 내디딜 것이다. 어쩌면 나는 희한하게도 좋았던 샌드위치, 그 맛을 찾아 킹스크로스역에 혼자 가 있을지도 모르겠다.

행복은 현재와 관련되어 있다
목적지에 닿아야 행복해지는 것이 아니라
여행하는 과정에서 행복을 느낀다

- 앤드류 매튜스 -

하루 종일 한 노래만 듣다

동백이 피었는데요
봄이 가네요

내 마음이 피었는데
조금만 머물다 봄이 가려고 하네요

나에게도 글씨가 찾아와서
이제는 편지를 쓸 수 있게 됐는데

봄이 왔는데요
당신이 가네요

얼마 전 이병률 작가님의 산문집을 읽다가 짧은 시 한편에 마음이 일렁거려 책을 덮었다. 여든이 다 되어 그제야 한글을 배운 어떤 할머니가 오랜 시간 가슴에 묻어두었다가 무심한 듯 꺼내 놓은 아름다운 시였다. 사람이 살면서 풍파가 없을 수 없으니 할머니도 그러했을 것이다. 그 모든 것을 지나온 인생의 후반기에 담담히 읊조린 시 한 편에는 그분의 소녀 같은 잔잔한 감성이 스며있었다. 할머니의 시처럼 나에게도 소녀시절로 불쑥 떠났던 어떤 날이 있었다.

그 날은 봄날이었다.
우연히 TV를 보다가 왈칵 눈물이 났다.

남편은 일찍 나가고 아이들은 아직 잠자리에서 일어날 생각이 전혀 없는, 기습

적으로 기온이 뚝 떨어진 쌀쌀한 일요일 아침이었다. 매년 여름 초입까지 거실 바닥에 깔려있는 전기장판 위의 이불 속으로 들어갔다. 따스한 기온이 순식간에 안락함을 만들어 주었다. 아침 햇살이 잔잔한 기운을 퍼트리고 있었고, 반찬을 만들지 않아도 아침밥을 먹을 수 있다는 편안함이 마음껏 감성에 빠질 수 있도록 도와주었다.

남편이 보다 간 뉴스 채널을 무심히 돌리다 멈춘 곳에 〈아내가 뿔났다〉라는 프로그램이 나오고 있었다. 방송인 박미선씨가 출연해 가상 남편 필립과 데이트를 즐기는 장면이었다. 설정된 상황이라 하더라도 허락된 일탈의 기회는 낯선 두근거림과 설렘이 함께했을 것이다. 연예인인 그는 키가 크고, 잘생긴 얼굴에 목소리까지 부드러우며 표정은 더없이 온화했다. 게다가 정해진 시간 동안 가상의 부인을 위해 모든 것을 해 줄 준비가 된 남자였다. 그런 그가 그녀를 태우고 어디론가 가고 있었다. 목적지에 도착해 그녀를 차 밖으로 나오게 한 뒤, 눈을 감게 했다. 무엇을 보여주려는 걸까. 이벤트를 위해 꾸며놓은 꽃길이나 통째로 빌려 둔 카페 같은 것이겠지 라고 생각했다. 그는 그녀를 데리고 한발 한발 계단을 올라가 건물의 옥상에 도착했다. 그리고 천천히 가렸던 손을 뗐다.

순간 그녀의 눈앞에 펼쳐진 것은 온 하늘을 붉게 물들인 노을이었다. 노을은 서쪽 하늘을 온통 물들이며 부드럽고 진한 붉은색으로 내려앉아 있었다. 마치 서울의 복잡한 건물, 자동차와 길, 얽히고 설킨 관계 속에 상처 입은 사람들을 모두 보듬어 주려는 듯했다. 노란색, 주황색, 파란색, 보라색으로 경계 없이 점점이 섞인 노을은 도시의 스카이라인을 선명하게 보여주며 세상을 감싸안고 있었다. 그 장면을 보는데 박미선도 아니면서 툭하고 눈물이 쏟아졌다. 이 글을 쓰는 지금도 코끝이 찡하다. 과연 내가 온전한 노을을 본 것이 언제쯤 이었을까. 노을을 보던 그녀는 말했다.

"노을은 나를 닮은 것 같아요. 나는,,, 지고 있는 햇살이지만 노을처럼 아름답고 싶어요"

다음 장면에 또 한 번 가슴이 찡했다. 밤이 내려앉는 시간, 야외용 의자에 몸을 기대고 노을을 보는 그녀에게 그는 이어폰을 꽂아 주었다. 동시에 TV에서 흘러나오는 이문세의 옛 노래가 우리 집 거실을 가득 채웠다. 노래는 전주만으로도 나의 감성을 제대로 흔들었다. 노을과 완벽하게 어우러지는 멜로디는 마음속 어딘가에 숨어있던 소녀를 찾아냈다. 그리고 박미선, 그녀도 울었다. 그 순간만큼은 연예인도 아니며, 누군가의 아내도 아니며, 며느리도 엄마도 아닌, 아직 마음 푸릇한 소녀였다.

먹먹했던 그 순간의 분위기를 간직하려고 얼른 TV를 끄고 노래를 검색했다. 내가 생각한 이문세의 '노을'이 아니라 '소녀'였다. 그건 아무렴 어때. 노을이든, 소녀이든 그 순간, 그 음악이면 완벽했다. 무한 반복으로 노래를 재생시켜 놓고 내 마음은 친구와 이어폰을 하나씩 나누었던 1980년대로 돌아갔다.

그러다가 노트북을 켰는데 바탕 화면에 '세계에서 노을이 가장 아름다운 곳이 어디인지 아세요?'라는 자막과 함께 노을 진 풍경을 배경으로 한 이집트 고대 사원이 있었다. 한참동안 움직이지 않고 가만히 사진을 들여다보았다. 고요하고, 비밀스럽고, 웅장함을 간직한, 아주 오래된 건축물을 혼자 천천히 돌아보고 있는 나를 상상했다. 쓸쓸하지만 낯선 여행지에서만 느낄 수 있는 약간의 들뜬 느낌이 들었다.

그날은 누군가가 완벽하게 세상을 센티멘탈하게 연출한 것 같았다. 때마침 고개를 들어 창밖을 바라보는데 눈이 폴폴 날리고 있었다. 어제 일기예보에 강원도 아침 기온이 영하로 내려간다고 했고, 봄치고는 추운 날이라고 해도 눈이라니. 얼른 베란다 문을 열어 보았다. 그것은 어제까지 한창이던 벚꽃잎이 간밤 추위에 낱낱이 흩어져 바람에 휘날리는 것이었다. 꽃잎이 마치 눈이 내리는 것처럼 6층 우리 집 베란다를 이리저리 지나쳐 가고 있었다.
그때의 물리적인 환경과 묘하게 어우러진 마음을 설명할 능력이 없다. 완벽하게 슬프지도 않고, 그렇다고 기쁜 것도 아니었다. 중후한 보라색도 아니고 가벼운 핑크색도 아니었다. 1980년대가 그립다고 해도 돌아가고 싶은 것은 아니었고, 필립처럼 멋진 남자와 커피 한 잔 마시면 좋겠지만 그건 잠깐의 마음에 불과했다. TV속의 장면은 해 질 녘이지만 나는 늦은 아침에 있었다. 현대의 공간에 존재하는 이집트 사원이 긴 시간을 간직한 것처럼, 몸은 오늘을 살지만 내 기억은 1980년의 어느 한 곳을 잊지 않고 있었다.

안타깝고 짠한 어떤 일요일, 봄날 아침이었다. 참 다행이었다. 남편이 있었으면 의아한 눈길로 나를 바라보았을 것이고, 아들들은 도저히 이해 안 되는 표정으로 나를 바라봤을 것이다.
"엄마, 왜 울어?"

온종일 이문세의 '소녀'가 스피커에서 흘러나왔다.

급기야 세 남자가 화를 냈다.

노을 진 창가에 앉아 멀리 떠가는 구름을 보면
찾고 싶은 옛 생각들 하늘에 그려요
음 불어오는 차가운 바람 속에 그대 외로워 울지만
나 항상 그대 곁에 머물겠어요

– 이문세 〈소녀〉중에서 –

그때 그 만화방 아저씨

그때 나는 몇 학년쯤이었을까. 대구시 중구 남산1동, 내가 초등학교 1학년부터 중학교 2학년이 될 때까지 살았던 곳이다. 스무 가구 정도가 마주 보고 살았던 골목이 아련히 떠오른다. 우리 집은 그 골목의 끝에 있었다.

유년시절 나의 시골집은 커다란 안채, 사랑채와 앞마당, 뒷마당까지 가진 동네에서 가장 크고 멋진 아름다운 집이었다. 하지만 도시의 집은 네모난 바닥을 자르다 남은 듯 자투리 진 좁고 길쭉한 모양의 땅 위에 지은 것이었다. 우리 옆집은 교장선생님 집이었는데 나지막한 담으로 나누어진 그곳은 까치발을 짚고 넘어다보면 참 근사했다. 마당에 수많은 정원수가 자라고 있었고 마루가 아주 반들거렸다. 딱 한 번 그 집에 놀러 간 적이 있었는데 넉넉하고 풍요로운 느낌이었다. 일요일이면 옆 골목에서 아득하게 교회 종이 울렸었다. 경쾌하기도 하고 웅장하기도 한 소리가 온 동네를 감쌌다.

골목길 전봇대 근처에는 늘 리어카 한 대가 놓여 있었다. 아이들은 그 리어카를 타고 골목 이쪽 끝에서 저쪽 끝까지 달리곤 했었다. 그렇게 놀다 보면 어느새 어스름한 저녁이 되어 할머니가 대문을 열고 "주야, 밥 먹어라~"하고 부르신다. 아이들이 하나 둘 집으로 들어가고 나면 리어카는 골목길 어디쯤에 덩그러니 놓여졌다. 언젠가 어른이 되어 내가 살던 곳을 다시 가볼 일이 있었다. 리어카를 타고 한참을 달렸던, 바닥에 분필로 선을 그어 사방치기를 하고 놀았던 넓은 골목길이 뜨거운 물에 빨아 쪼그라진 니트처럼 자그마하게 줄어들어 있었다.

지금은 많이 좋아졌지만 나는 낯을 많이 가리는 내성적인 아이였다. 자신감이 부족해 생각을 말할 때도 주저하는 경우가 많았다. 수업 시간에 선생님이 "이 문제 답 아는 사람?"이라고 해도 손을 들지 못했다. 학교 다니는 내내 "반장 해 볼 사람?"이라고 하는 소리에 고개만 숙이고 있었고, 반장은커녕 분단장도 못 해본 소심하기 짝이 없던 아이, "나도 하고 싶어요"라고 말하지 못했던 부끄럼 많은 아이였다.

골목의 끝자락에 있던 집은 피아노를 가르치는 학원이었다. 아이들은 노란 가방을 들고 피아노를 배우러 가곤 했다. 우리 집에서도 언니, 동생들이 피아노를 배우러 다녔다. 하지만 나는 다니지 못했다. 집이 가난한데 나까지 피아노를 배우겠다고 말하면 안 될 것 같아서였다. 뭘 그렇게 애어른 같은 생각을 하면서 살았는지, 정말 모를 일이다. 그 미련으로 지금도 그 때 그 아이들처럼 피아노 가방을 들고 학원에 가고 싶다는 생각을 가지고 있다. 아쉽게도 요즘 피아노 가방은 너무 세련되고 예쁘다. 나는 촌스러운 노랑 병아리 같은 가방이 필요한 데 말이다.

그렇게 소심한 내가 어느 날 사고를 쳤다. 심심한 어느 오후, 언니가 심부름을 시켰다. 두 골목쯤 지나 한참 걸어야 나오는 만화방에 다녀오라는 것이었다. 열심히 걸어 만화방에 도착했고 재미있어 보이는 책 다섯 권 정도를 골랐다. 그때는 전화가 없었기 때문에 주인아저씨에게 우리 집을 알려주어야 하는데, 순간 집이 너무 멀어 빌려주지 않을 것 같다는 생각을 했다.

"집이 어디냐?"
"아... 저... 얼마 안 멀어요. 저쪽으로... 조금만 가면 돼요"
순간, 오는 길 중간쯤에 있는 친구 집을 우리 집이라고 거짓말을 해버렸다.
"그러냐? 그럼 같이 가보자"
"네? 아...네..."
이미 입 밖으로 나와 버린 거짓말을 주워 담을 수가 없어, 어쩔 수 없이 아저씨와 함께 친구 집까지 갔다. 그리고 자신 없는 손가락을 들어 친구 집을 가리켰다.
"여기에요. 우리 집"

그때 내 목소리는 어땠을까. 다 기어들어 가는 개미목소리 같았을까, 억지로 평온함을 가장하여 완벽한 척 말했을까. 어쨌든 아저씨는 알겠다며 돌아섰고 나는 친구 집으로 들어가는 척하다가 재빨리 뒤돌아 집으로 왔다. 언니한테 만화책을 건네주던 그 느낌이 지금도 선하다. 나는 거짓말을 한 아이였다. 도덕 책에서 거짓말은 나쁜 것이라고 단단히 교육받은 나는 길 건너에 사는 친구 집으로 도망갔다. 한참 시간을 보내고 저녁때가 되어 집으로 돌아왔다. 그때 할머니께서 말씀하셨다.
"니 어데 갔다 오노? 만화방 아저씨가 다녀갔는데 와 남의 집을 우리 집이라고 거짓말을 했다냐?"

쿵!
오후 내내 바람에 이리저리 흔들리는 낙엽처럼 중심 없이 간당거렸던 심장이 떨어졌다. 뭐라고 대답했는지는 기억에 남아있지 않다. 그냥 부끄럽고 부끄러웠다. 아저씨는 알고 계셨던 것이다. 시골에서 올라 온 순진하기 짝이 없던 여자아이가 어설픈 거짓말을 하고 있다는 것을. 당연히 알았겠지. 어릴 때 엄마는 내가 몰래 뭘 먹었는지, 어디 가서 종일 놀다 왔는지 귀신처럼 아는 게 신기했지만 어른이 되어보니 그런 귀여운 거짓말을 알아차리는 건 일도 아니었다. 어른이 똑똑해서가 아니라 아직 때 묻지 않은 아이들의 작은 죄책감이 눈동자를 흔들기 때문이다.

그 일은 오래도록 기억에 남아 해결되지 않은 부끄러움으로 남아있었다. 하지만 조금씩 나의 부끄러움만 생각하던 감정을 넘어 어른다운 어른이었던 만화방 아저씨의 마음에 대해 돌아보게 되었다. 그분이 나를 기다려 준 것이라는 것도 알게 되었다. 그때, 어디서 그런 거짓말을 하냐고 호통이라도 쳤다면, 당시의 어른들이 쉽게 장난꾸러기 아이들에게 했던 것처럼 경찰서에 가자고 눈이라도 부라렸다면, 동네 사람들이 모두 알게 될 정도로 소란을 피웠으면, 과연 어떻게 되었을까. 그렇다면 심부름을 시켰던 언니와 만화방 아저씨에 대한 원망과 스스로에 대한 미움이 아주 깊은 상처로 남지 않았을까. 만화방 아저씨는 좋은 어른이었다. '저기가 우리 집이에요' 했을 때부터 알아차린 거짓말을 애써 파헤치려고 하지 않았다. 만화방을 비워놓고 우리 집까지 몰래 따라왔으면서도 닦달하지 않으셨고, 한참 후에 다시 찾아와 가져간 만화는 다 보고 갖다 달라고 하셨다.

일을 하면서 만나는 아이들에게 '좋은 어른이 되어야지'라고 다짐한다. 다음 학원에 가야 한다며 일찍 가려고 하는 아이, 책을 대충 읽고 와서는 다 안다고 큰소리 뻥뻥 치는 귀여운 거짓말쟁이들을 만난다. 그때마다 나는 알지만 모르는 척하기 고수가 된다.
'그래, 그럴 수 있다. 아이들은 다 그렇게 자라는 거야. 그러니까 아이들이지'

어른 노릇이란 아이들을 가만히 안아주는 것, 기다려 주는 것이라고 생각한다. 오늘도 나에게 묻는다.

'나는 어른 노릇을 잘하고 있는 걸까?'

에필로그

몇 년 전부터 다이어리에 '언젠가 책을 쓰자'라고 적었다. 까마득하게 먼 일이라고 생각했던 것이 지금 눈앞에 펼쳐지고 있고, 마무리 단계에 접어들었다. '에필로그'라는 글자가 왠지 그럴싸해 보인다.

글을 쓰는 것은, 인생에서 중요했던 일을 되새김질하는 시간이었다.
무엇보다 어린 나를 만나는 기회가 되었다.
마음속 깊이 숨겨 두었던 원망이라는 녀석도 만났다.
그들과 화해하는 과정에서 나를 조금 더 이해할 수 있게 되었다.
동시에 늘 다른 사람과 비교하고 부러워하던 모습에서,
지금의 내 모습, 내 삶이 이미 충분히 괜찮다는 사실도 알게 되었다.

나와 함께 밤낮을 가리지 않고 일을 해나가고 있는 책나무 식구들에게 감사함을 전하고 싶다. 여러 곳에서 독서 문화를 전파하는 원장님들에게도 마음을 전한다. 나에게 삶의 지혜를 알려주는 내 옆의 모든 분들 또한 감사하다. 무엇보다 나의 흔들림을 가만히 지켜봐주는 가족들에게 평소에 전하지 못했던 무한한 사랑을 보낸다.

어느 날 문득 만나게 된 이 시간이 내가 아주 운이 좋은 사람임을 알게 해 주었다.
돌이켜 생각해보니 감사한 일이 참으로 많다. 실로 모든 것이 감사하다.

스스로를 향한 위로와 격려로 더욱 단단하게 앞으로 나아갈 것을 다짐해 본다.

꺾이지 않는
장은미입니다

힘들고 어두웠던 지난 시간
잘 견뎌낸 나를 다독여주고 싶었습니다.
때로 흔들리고 포기하고 싶은 순간이 있지만
꺾이지 않고 묵묵히 걸어가고 있습니다.

사랑하는 가족, 꿈과 희망 가득한 아이들과 함께
행복한 일상을 보내는 엄마이자 아내 그리고 초등학교 교사로 있습니다.

프롤로그

모든 손님이 늘 반가운 것은 아니다.
예상치 못했던 손님이 찾아왔다.
버킷리스트를 만들지 않으면 안 될 것 같은 초조함이 밀려왔다.
마음이 급해졌다.

좋아하는 것
하고 싶은 것
해야만 하는 것
즐겁게 할 수 있는 것
다른 사람에게 도움이 되는 것
이 모든 것의 공통분모가 글쓰기였다.

쓰고 싶고
쓰는 동안 즐겁고
써야만 하는 이유가 있고
내 마음을 글로 전하고 싶은
그 마음이 나를 여기까지 이끌었다.

마지막이라는 생각, 삶의 끈을 놓지 않겠다는 마음으로 용감하게 시작했지만 매 순간 어려움이 생겼다. 잘 쓰지도 못하면서 해낼 수 있을 거라는 근거 없는 자신감은 어디에서 나왔는지 모르겠다. 하지만 그런 모든 과정을 거쳐 지금은 마침표가 마르기를 기다리고 있다.

누군가에게 읽히는 글을 쓰기 이전에, 나의 생각과 마음을 다듬는 일이 먼저라는 것을 배우는 시간이었다. 정성을 다해 하나, 둘 풀어놓은 나의 글이 누군가에게, 아니 단 한명에게라도 공감을 이끌어내고 작은 힘이 될 수 있다면 더없이 행복한 일이 될 것 같다.

누구나 지금은 처음이다

"처음 해봐요"

언제부턴가 새로운 일을 시작할 때면 이 말을 하곤 했다. 처음 시작할 때는 서툴고 부족한 점이 있기 마련인데 걱정이 앞서는 마음에서다.

어렸을 때에는 그것이 처음인지, 아닌지 중요하지 않았다. 도전하는 그 자체로 설레고 즐거운 일이었다. 초등학교 3학년 때 처음 아빠의 자전거로 타는 법을 배웠다. 퇴근하시고 나면 그 길로 자전거를 끌고 골목으로 향했다.

처음에는 한쪽 페달에 발을 올리고 나머지 한 쪽 발로 땅을 차며 균형 잡기에 익숙해져야 했다. 그러다 차츰 균형 잡기가 익숙해지면 본격적으로 올라타는 연습이 시작된다. 이때 사고가 가장 많이 나고 다치는 경우도 많았다. 골목 내리막에서 신나게 내려가다 미처 브레이크를 잡지 못해 그대로 손등이 벽에 긁히거나 넘어져 상처 입기가 십상이었다. 그러나 넘어졌다고 창피하거나 부끄러울 것은 전혀 없었다. 다쳤다고 혼나지도 않았고, 아픈 것은 그 순간일 뿐, 상처가 낫기도 전에 다시 골목을 나섰다. 상처 위에 붙여진 밴드가 훈장이라도 된 것처럼 말이다.

좋아서 하는 것이기에 굳이 다른 사람들에게 잘 보일 필요가 없었다. 머릿속엔 온통 빨리 자전거를 타야겠다는 생각밖에 없었다. 마침내 자전거를 탈 수 있게 되었던 날, 자전거 위에서 보는 골목길은 이전의 골목길과는 다른 느낌이었다. 마치 세상을 다 얻은 기분이었다.

우리는 종종 이런 느낌을 잊어버린다. 특히 부모의 입장이 되었을 때는. 숙제를 하며 낑낑대는 딸아이를 바라보며 안타까운 마음에 이렇게 말했다.

"이렇게 밖에 못 하겠니?"
"도와주지도 않으면서 왜 그래? 처음 하니까 그렇지. 엄마는 처음부터 잘했어?

아이가 숙제하는 모습이 힘들게 보여 측은하기도 했고, 좀 더 잘했으면 좋겠다 싶어 불쑥 나온 말인데 오히려 마음만 상하게 만들었다. 그리고 보면 아이가 어릴 때는 모든 것이 칭찬의 대상이었다. 처음으로 뒤집기를 하거나 걸음마를 뗐을 때, "엄마, 아빠"라는 말을 할 때도 그랬다.

다른 아이들도 하는 것이었지만 우리 아이만 하는 것인 듯, 영재나 천재가 된 것처럼 좋아했다. 작은 것 하나하나 있는 그대로 인정해주었던 것이다. 하지만 지금은 아니다. 뭘 해도 잘 했으면 좋겠고, 남다르기를 바라는 마음이 앞선다.

우리는 자신이 하고 있는 일을 잘하고 싶어 한다. 있는 그대로 인정해주고, 도전하는 것만으로도 대단한 것이라고 말할 수 있어야 하는데 그게 쉽지 않다. 어릴 때 자전거를 배웠을 때처럼 그 자체가 즐거움이 될 수는 없을까? 있는 그대로 인정해주고 칭찬해 줄 수는 없을까?

누구나 지금 이 삶은 처음이다. 태어난 것도, 딸이 된 것도, 아내가 된 것도, 엄마가 된 것도 모두 그렇다. 처음이라는 것은 설렘과 동시에 불안함이 공존한다. 초등학교 입학, 교직을 시작할 때도 마찬가지였고, 글을 쓰고 있는 지금도 마찬가지다. 어떤 일이든 시작하는 순간보다 바로 직전이 더 긴장된다. 하지만 어느 정도 시간이 흐르면 적응하고 익숙해지기 마련이다. 처음부터 완벽하기란 쉽지 않다. 잘 해낼 확률보다 실패할 확률이 더 높다는 것을 인정하면, 마냥 불안하지는 않을 것 같다.

처음 살아보는 13살,

처음 살아보는 22살,

처음 살아보는 34살,

처음 살아보는 43살,

처음 살아보는 51살,

처음 살아보는 67살,

처음 살아보는 70살,

모든 시절이 우리에겐 처음입니다.

처음 맞이하는 상황이고,

처음 만나는 마음이며,

처음 살아보는 인생입니다.

처음이라 그런지,

많은 것이 서툽니다.

그래도 제법 괜찮지 않나요?

처음인데, 이정도 해냈으면.

– 「살자, ... 한번 살아본 것처럼」 중에서 –

이 책을 읽고 나를 응원해주고 싶어졌다.

'그래, 처음은 누구나 어렵고 두려워. 그래도 이만하면 괜찮지 않아?'

승자는 누구일까?

「토끼와 거북이」는 우리에게 잘 알려진 이야기다. 토끼와 거북이가 경주를 했는데, 토끼가 중간에 낮잠을 자면서 경주에서 토끼가 지고 거북이가 이긴다는 내용이다. 가끔 우리 반 아이들에게 이 이야기를 예로 들면서 꾸준히 노력하면 성공할 수 있다는 교훈을 말해주곤 했다. 그러던 어느 날, 국어 수업 시간에 이야기를 바꾸어 써보는 활동을 하게 되었다. 평소에 자주 예를 들었고, 아이들도 모두 알고 있는 이야기라 쉽게 바꾸어 쓸 수 있을 것 같아 「토끼와 거북이」 이야기를 선택했다. 처음부터 끝까지 들려 준 뒤, 아이들에게 세 개의 질문을 던졌다.

첫째, 토끼가 잠을 자지 않았다면 어떻게 되었을까?
둘째, 거북이는 자고 있는 토끼를 보았을 텐데 왜 깨우지 않았을까?
셋째, 토끼와 거북이가 경주에서 모두 이길 수 있는 방법은 없을까?

첫 번째 질문에서는 한 순간의 망설임도 없이 당연히 토끼가 이길 것이라고 말했다. 그래서 다시 물었다.
"운동회에서 달리기를 할 때 저학년과 고학년을 나누지 않고 시합을 한다면 공정할까?
"아니요. 당연히 저학년이랑 고학년을 나눠서 해야죠"
"그러면 토끼와 거북이도 그런 경우이지 않을까?"
"토끼와 거북이는 서로 친구잖아요"
"친구지만 서로 체급이 다르지. 씨름이나 유도 경기에서 체급별로 경기를 하잖아. 토끼는 땅에서 사는 동물, 거북이는 물과 땅에서 사는 동물이야. 신체 조건이 다른 거지"

"그러면 토끼와 거북이는 처음부터 잘못된 경주를 한 것이네요"

"그런데 거북이는 왜 경주에 응했을까?"

"아마 그 자체를 좋아했을 것 같아요. 할 수 있다는 것을 보여주고 싶을 수도 있잖아요?"

다른 의견도 나왔다.

"토끼에게 유리한 땅이 아닌 거북이에게 유리한 물에서 하는 것은 어떨까요?"

결국 토끼에게는 핸디캡을, 거북이에게는 인센티브를 주어야 한다는 쪽으로 의견이 모아졌다.

두 번째 질문에서는 두 개의 의견으로 나눠졌다.

"우리도 달리기할 때 다치면 도와주잖아요. 당연히 깨워줘야죠"

"자면 안 되는 것이었죠. 깨울 필요가 없어요. 토끼가 스스로 일어나야죠"

이때 또 하나의 질문을 던졌다.

"시험에서 1등 하려고 수업 시간에 자는 친구를 깨우지 않은 것이 옳은 일일까?"

세 번째 질문을 했다.

"경기에서 모두 이길 수 있는 방법은 없는 것 같아요"

"경쟁에서 모두 이길 수 있는 방법은 정말 없는 걸까?"

고요한 침묵이 흘렀다.

세 개의 질문에 담긴 의도는 명확했다.

첫째, 갖고 있는 능력이 서로 다른 사람이 경기를 한다면 그것은 불공평 할 수도 있다는 것.

둘째, 자신이 질 것을 알면서 다른 사람을 돕는 것은 매우 큰 용기가 필요하다는 것.

셋째, 경기에서 꼭 승자를 가릴 필요가 없다는 것.

거북이처럼 노력해야 성공한다는 것에 동의한다. 이 이야기는 삶에서 꾸준히 노력한다면 어떤 어려움도 극복하고 성공할 수 있다는 메시지를 담고 있다. 하지만 때로는 주변을 돌아보며 토끼처럼 쉼을 가질 필요가 있다고 생각한다. 이기고 싶다는 생각에 토끼를 깨우지 않은 것은 이기적인 행동일까? 토끼가 경주에서 잠을 잔 것이 잘못일까? 과연 우리 아이들은 세 가지 질문에 대한 답을 찾는 과정에서 어떤 생각을 했을까?

이 질문에 대한 답은 학생들이 함께 바꿔 쓴 이야기로 대신할까 한다.

토끼는 자신이 잔 이유 때문에 경기에서 진 것이 속상했다. 그래서 거북이에게 다시 경주를 하자고 한다. 재경기에서는 토끼가 이긴다. 그런데 거북이가 땅에서만 경주를 하지 말고 물에서도 하자고 한다. 토끼는 기꺼이 거북이를 위해 수영대회를 열고 거북이가 이기는 기회를 준다. 그러다 토끼와 거북이는 각자 자신이 잘 할 수 있는 것이 있으며 잘하는 것이 서로 다름을 깨달았다. 서로의 장점을 합쳐 철인3종 경기에 한 팀이 되어 출전했다. 땅에서 달리기는 토끼의 도움을 받고, 물에서는 거북이의 도움을 받아 수영을 하며 함께 공동 우승자가 되었다.

나는 토끼일까, 거북이일까?

수업이 끝난 후, 문득 이런 생각이 들었다. 토끼처럼 한 분야에 탁월한 능력을 가진 사람도 아니고, 거북이처럼 꾸준히 목표를 향해 성실하게 해나가는 사람도 아니었다. 목표를 향해 빠르게 달려가는 것이 성공인 줄 알고 빠르지 않은 스스로에게 실망한 적이 많았다. 법륜 스님께서 후회는 자기 학대라며 어리석은 행동이라고 말했지만, 쉽지 않았다. 하지만 운이 좋았던 걸까. 막연히 성공하고 싶다는 바람으로 정상에 오르는 것에만 신경 쓰고 있었는데, 승자가 되는 것보다 더 중요한 것이 무엇인지, 진정한 성공이 무엇인지 깨닫는 계기가 생겼다.

단 한 편의 시로 인해서.

'무엇이 성공인가'('What is Success?')

자주 그리고 많이 웃는 것

현명한 이에게 존경을 받고

아이들에게 사랑을 받는 것

정직한 비평가의 찬사를 듣고

친구의 배반을 참아내는 것

아름다움을 식별할 줄 알며

다른 이들에서 최선의 것을 발견하는 것

아이를 낳아 잘 기르든

한 뙈기의 정원을 가꾸든

사회 환경을 개선하든

세상을 조금이라도 살기 좋은 곳으로 만들어 놓고 떠나는 것

자신이 한때 세상에 존재하였음으로 인해

단 한 사람의 인생이라도 행복해지는 것

이것이 진정한 성공이다.

– 랄프 왈도 에머슨 (Ralph Waldo Emerson) –

말의 힘

아이들이 피구 게임을 할 때였다. 처음에는 별 문제없이 신나게 하고 있었다. 그러더니 여자 팀 쪽에서 웅성웅성하는 소리가 들렸다. 공격하는 팀에서 순서가 뒤섞여 누가 해야 하는지 서로 이야기를 하고 있었다. 다행히 순서가 정해져 차례 대로 공격하기로 했는데, 공을 차던 친구가 잘못 하는 바람에 아웃이 되었다.
"바보처럼 그렇게 차면 어떡하니?"

내가 무심코 던진 한 마디에 짓궂은 남자 아이들은 그 아이를 바보라고 놀리기 시작했다. 놀리던 남학생을 불러 타일렀지만, 속으로는 '그런 말을 할 자격이나 있을까' 하는 생각이 들었다. 정작 상처를 주었던 나는 누구에게도 꾸중을 듣지 않았다. 내 말을 듣고 따라한 우리 반 남학생들이 꾸중을 들었을 뿐이다. 교사는 학생들에게 솔선수범해야 하는 부분이 많다. 말도 마찬가지다. 지금 돌이켜보 면 너무 미안하고 부끄러워진다. 그 뒤로 내 행동이 잘못되었을 때마다 망설임 없이 "미안해"라는 말을 한다. 그러면 학생들은 멋쩍게 웃으며 "괜찮아요"라고 대답한다. 참 고맙다.

듣는 걸 좋아하지만 사람들 앞에서 말하는 경우가 많다. 학생들 앞에서 말하는 것 외에도 국어 수업에 대해 여러 선생님들이나 대학생들에게 강의할 기회가 종종 있었다. 비슷한 내용으로 강의를 해도 상황에 따라 잘 될 때가 있고 또 만족 스럽지 못할 때가 있다. 왜 그럴까 생각해보니, 직접 경험했거나 정확하게 아는 이야기일수록 쉽고 자신 있게 말할 수 있었다. 누군가에게 말할 때 해본 것이거나 명확하게 아는 것이라면 말은 그 이상의 힘을 갖게 되는 것이다.

가끔은 말을 참는 것이 좋을 때가 있다. 코로나19로 인해 아이들과 집에 있는 시간이 많아지면서 보지 않아도 될 것이 보이기 시작했다. 늘어나는 건 잔소리 뿐이었다. 화를 꾹꾹 눌러 담았다가 말을 하니 수습할 방도가 없었다. 공부를 하려고 방으로 들어가는 아이의 뒤통수를 향해 말했다.

"공부 안 하니?"

"지금 하려고"

씻으려고 목욕탕으로 들어가려는데 또 한마디 보탰다.

"목욕 안 하니?"

"이제 하려고"

말의 힘을 키우려면 적절한 타이밍이 중요하다. 말은 맞는 말인데 아이에게는 그저 쓸데없는 잔소리로 들릴 뿐이었다. 결국 말다툼으로 끝나고 말았다.

말은 중요한 의사소통 도구이다. 침묵은 금이라는 말처럼 백 마디 말보다 침묵이 더 힘이 셀 때가 있지만, 그래도 생각이나 마음을 전달하기 위해서는 말로 표현해야 한다. 〈유재석의 소통법〉이라는 글을 본 적이 있다. 유명 연예인도 혹시 실수할까 말 한마디를 조심하는 모습에서 나를 돌아보게 되었다. '말 한마디에 천 냥 빚을 갚는다'라는 속담처럼 말이 지닌 힘은 보이는 것보다 더 크다.

20년 전의 그 아이에게서 메일이 왔다. 이젠 어엿한 사회인이 되었다며 반가운 소식을 전했다. 고마운 마음보다 미안한 마음이 앞서 바로 연락할 수 없었다. 그러나 용기 내어 전화를 했다. 전화기 너머 반가운 목소리, 보고 싶다고 했다. 만나자는 약속을 하며 전화를 끊었다. 만나게 되면 그동안 마음에 담아두었던 말을 전하고 싶다.

"그때 정말 미안했어"

'지혜는 들음에서 생기고 후회는 말함에서 생긴다'라는 말이 다시금 가슴에 와 닿는 날이다.

위로가 아닌 격려가 필요한 시간

"유방암입니다"

의사선생님의 유방암이라는 한 마디에 내 삶은 그대로 정지가 되었다. 검사 결과에 대해 설명하는 말씀이 하나도 귀에 들어오지 않았다. 오직 내 머릿속에 남은 말은 '유방암' 세 글자 뿐이었다. 엄마와 동생이 떠올랐다. 크게 숨을 몰아쉰 뒤 동생에게 전화를 걸었다.

"지현아, 언니 암이래. 유방암"

"뭐라고? 유방암?"

"……"

"언니, 요즘 의학이 발달해서 유방암 그거 치료 잘된다더라. 걱정 마"

"그래… 엄마한테 어떻게 말하지?"

몇 번의 숨을 들이마신 뒤, 떨리는 손으로 단축버튼을 눌렀다. 세 번의 벨이 울렸을까? 전화기 너머 반갑고 따뜻한 엄마의 목소리가 들려온다.

"인아, 잘 지냈나, 지금 퇴근하나?"

"응, 그런데 엄마…"

"왜? 무슨 일 있어?"

"나 유방암이래…"

"뭐라고?"

담담하게 시작됐던 대화는 전화기 너머로 들리는 엄마의 울음소리에 결국 참고 참았던 눈물이 쏟아졌다. 그 뒤로 어떤 말을 하고 어떻게 전화를 끊었는지 생각이 나지 않는다.

다음 날 아무 일 없었다는 듯 출근했다. 매일 하던 출근길인데 차창으로 보이는 나뭇가지가 어찌나 처량하게 보이던지, 꼭 내 모습 같았다. 사랑하는 사람과 이별하면 노래 가사가 모두 자기 이야기처럼 들린다더니 그 말이 딱 맞았다. 차에서 내려 교실로 들어가 여느 때처럼 수업을 마친 뒤 교장, 교감선생님께 말씀을 드렸다.

결국 2018년 12월 17일, 휴직을 했다.

'무엇이 잘못 되었을까?'
'어쩌다 이렇게 되었을까?'
'왜 나만 이래야 하는 것일까?'

수술은 마취를 하고 진통제라도 있으니 견딜 만 했다. 가슴에 주홍글씨처럼 새겨진 수술 자국도 가릴 수 있으니 그나마 다행이라 생각했다.

그러나 본격적으로 항암치료가 시작되면서 남아있던 자신감은 송두리째 사라졌다. 제일 두렵고 두 번 다시는 겪고 싶지 않은 일이다. 제대로 먹지 못하는 것도 힘든 일이었지만 그보다 더 힘든 것은 탈모였다.

의사선생님께서는 첫 치료 후 2주가 될 무렵 머리카락이 빠지기 시작할 거라고 말씀하셨다. 2주가 가까워질 때쯤 조심스레 머리카락을 당겨보았다. 떨리는 마음을 다잡고 좀 더 힘주어 당겨보았다. 아무리 당겨도 빠지지 않았다. '간혹 안 빠지는 사람도 있다는데 내가 그런 것 아니야?'라는 기대도 했다. 하지만 헛된 기대였다. 정확히 2주가 되던 날, 가을바람에 낙엽이 우수수 떨어지듯 샤워기 물을 따라 머리카락이 빠지고 있었다. 마치 검은 물이 흘러내리는 것 같았다. 욕실 바닥에 머리카락이 가득했다. 동시에 당당했던 자신감도 빠져나가기 시작했다. 아무리 좋은 말로 위로해도 있는 그대로 받아들이는 것이 쉽지 않았다. 삐딱해져 있고 뾰족하게 날이 선 싸움닭 같았다. 영화에서 나오는 것처럼 항암치료 약은 실로 위대했다.

가끔 지인의 병문안을 가곤 했었다. 그때마다 이렇게 말했다.
"요즘 의학이 발달해서 치료가 잘 될 거예요. 힘내세요"
암에 걸렸다는 사실을 알렸을 때, 사람들의 반응은 비슷했다. 하지만 내가 지인에게 했던 말이었음에도 불구하고 듣는 입장이 되니 전혀 다르게 들렸다. 처음엔 덤덤히 받아들였지만 시간이 지날수록 나 자신에 대한 분노, 원망, 자책이 자리 잡았다. 가족에 대한 미안함과 죄책감 속에서 갈등과 원망이 생기기 시작했고, 때로는 서운함이 느껴지기도 했다.

그때 깨달았다. 내가 했던 위로들이 진심으로 다가갔을까?

삶에서 한번쯤 힘든 일을 겪게 된다. 이때 놓치지 말아야 할 것은 직접 겪지 않은 일에 대해서는 자신의 기준으로 말해서는 안 된다는 것이다. 모든 위로가 힘이 되는 것은 아니기 때문이다.
가끔은 위로보다 격려가 필요할 때가 있다.
'금방 나을 거야' 라는 위로보다 '지금 좀 어때? 괜찮아?' 라고 물어주는 것이 더 진심으로 느껴질 수 있다.

이제는 타인이 아닌 스스로에게 안부를 물으며 격려해 주고 싶다. 길고 힘들었던 시간, 꿋꿋하게 버텨왔음이 대견하다고 말해주고 싶다. 자신을 사랑하는 사람이 다른 누군가를 사랑할 수 있고, 자신을 격려할 줄 아는 사람이 다른 사람에게 진심어린 격려를 해줄 수 있다고 생각한다. 지금의 나는 괜찮다. 괜찮아지고 있다는 게 더 정확하다. 고통이 모두 나쁜 것만은 아니었고 오히려 선물이 되었다. 고통이라는 터널을 통과하며 삶에서 진정 소중한 것이 무엇인지 깨닫게 되었다.
결국 무너진 나를 일으켜 준 것은 격려에 담긴 사랑이었다. 내 곁에 있어준 소중한 사람들, 아프기 전과 후의 변화만큼 더 소중하고 감사하다.

연잎의 지혜

〈신박한 정리〉라는 TV 프로그램이 있다. 신청한 사람의 집을 찾아가 정리하고 새롭게 꾸며주는 것인데, 매회 다른 집이지만 공통점이 있다.
바로 '비움의 법칙', 필요 없는 것은 과감히 버리는 것이다.

우리 집 옷장은 대부분 내 옷으로 채워져 있다. 남편과 두 아이의 옷을 합친 것보다 훨씬 많다. 정리가 잘 되어있으면 다행인데 계절과 상관없이 섞여있기도 하고, 가지런히 정리되어 있기보다 켜켜이 쌓여져 있다는 것이 정확하다. 신발장도 예외는 아니다. 이렇게 된 데는 내 성격이 한 몫 했다. 나는 정리에 서툴다. 정확히 말하면 잘 버리지 못한다. 모으는 건 잘하는 편이지만 필요 없는 것은 버리려고 하면 다시 필요할 것 같아 망설이게 된다. 계절이 바뀌거나 도저히 찾기 힘든 지경이 되면 어쩔 수 없이 정리를 한다. 그럴 때마다 도와주던 남편이 한마디 던진다.

"옷을 사는 건 괜찮아. 근데 사기 전에 좀 버리고 사는 건 어때? 새로 산 옷이 들어갈 공간을 준비해놓고 사면 좋겠다"
그날 저녁 엄마와 통화를 하며 낮에 있었던 일을 이야기 했더니, 엄마는 더 냉정했다.
"이서방이 맞는 말 했네"
"엄마, 옷장을 비우면 좋은지 몰라서 그래? 버리기 아까워서 그렇지"
"이제부터 하나 사면 먼저 두 개를 버려"
하나도 못 버리는데 두 개나 버리라고?
게다가 하나를 샀는데 왜 두 개를 버려야 해?
이건 무슨 계산법이지?

우리 집 냉장고도 마찬가지다. 1+1을 그냥 지나치지 못하는 성격 때문에 냉동실이며 냉장실은 꽉꽉 차있다. 특히 냉동실에는 친정이나 시댁에서 가져온 음식들로 여유가 없다. 재료를 찾기 위해 냉동실 한 칸에 있는 것들을 모두 꺼내기도 했고, 때로는 못 찾거나 귀찮아 포기할 때도 있었다. 좋은 식재료를 미처 해 먹지도 못하고 버리는 일이 다반사였다. 재료를 사서 절반이라도 먹었으면 다행이었다. 냉장고에 넣은 것은 음식이 아니라, 어쩌면 욕심을 꾸역꾸역 채워 넣었는지도 모르겠다.

매년 새해를 맞아 다이어리를 사고, 지금까지 쓴 다이어리를 모으고 있다. 어느 날, 다이어리를 정리하다 문득 내가 어떤 목표를 세웠는지 궁금해 첫 페이지를 열어보았다. 항상 첫 페이지는 한 해 동안 해보고 싶거나 해야 할 일을 적었다. 처음으로 도전하는 일이나 꼭 이루고 싶은 목표는 눈에 띄게 색깔 펜으로 꾸몄다. 원하는 일을 정성스럽게 적을수록 그 일이 더 잘 될 것 같았고, 꼭 이뤄질 것 같은 생각이 들었다. 그런데 해가 갈수록 하고 싶은 일이 늘어났고, 더 많은 노력이 필요한 일들이었다. 빡빡하게 적힌 내용과 원래 두께보다 훨씬 두꺼워진 다이어리는 잘 살았다는 것을 증명하듯 뿌듯함이 생겼다. 연말쯤이면 이뤄진 일에는 동그라미, 그렇지 못한 일은 하얀 공백으로 남게 된다. 미완성이나 실패로 끝난 일보다 이뤄낸 것이 더 많음에도 불구하고 하얀 공백으로 남은 것들에게 먼저 시선이 갔다. 지금도 다이어리에 적힌 것이 없거나 표시가 적은 날에는 아무것도 하지 않았다는 생각이 들어 뭐라도 적어 넣으려는 나를 발견한다. 노트마저도 빈틈없이 채워야 직성이 풀리는 나다.

언젠가 아프리카 원주민들이 원숭이를 생포하는 방법에 대해 읽은 적이 있다. 작은 단지 속에 빨간 사과를 넣어 두고, 원숭이가 와서 손을 넣고 꺼내려고 애쓸 때 생포한다고 했다. 자기가 생포되는 줄 알면서도 사과를 갖고 싶은 마음에 손에 쥔 사과를 놓지 못해 결국 그물에 갇히게 되는 것처럼, 나 역시 욕심으로 인해 스스로를 힘들게 하는 경우가 많다. 원숭이처럼 내 손에 쥔 사과를 다른 사람의 것과 비교하며 부러워하고, 더 많은 사과를 갖고 싶다는 욕심을 부렸다. 잡고 있는 사과를 놓는다면 사과 하나를 먹지 못하지만, 계속 잡고 있으면 영영 못 먹게 될 수도 있다는 생각을 하지 못했다. 나를 짓눌렀던 고통은 외부가 아닌 내 마음에서 비롯된 것으로 욕심의 크기와 비례했다. 욕심의 크기를 원대한 꿈이라고 착각한 내게 법정스님이 속삭인다.

연잎이 주는 지혜에 귀 기울여 보라고.

연잎에 고이면 연잎은 한동안 물방울의 유동으로 일렁이다가 어느 만큼 고이면 수정처럼 투명한 물을 미련 없이 쏟아버린다. 그 물이 아래 연잎에 떨어지면 거기에서 또 일렁거리다가 도르르 연못으로 비워 버린다. 연잎은 자신이 감당할 수 있는 만큼의 무게만 싣고 있다가 그 이상이 되면 비워 버린다. 그렇지 않고 욕심대로 다 담아버리면 마침내 잎이 찢어지거나 줄기가 꺾이고 말 것이다. 세상 사는 이치도 이와 마찬가지이다.

욕심은 바닷물과 같아서 마시면 마실수록 목이 마르다. 사람들은 가질 줄만 알지 비울 줄은 모른다. 모이면 모일수록, 많아지면 많아질수록 우리의 영혼과 육체를 무겁게 짓누른다. 삶이 피로하고 고통스러운 것은 놓아버려야 할 것을 쥐고 있기 때문이다. 자신을 짓누르는 물방울을 가볍게 비워버리는 연잎처럼 무엇을 버리고 무엇을 가져야 할지 알아야 한다. 사람이 욕심에 집착하면 불명예 외에 아무것도 얻을 것이 없다. 좋은 것을 담으려면 먼저 그릇을 비워야한다. 욕심은 버려야 채워진다. 악기는 비어 있기 때문에 울린다. 비우면 내면에서 울리는 자신의 외침을 듣는다.

– 법정스님 '연잎의 지혜' 中에서 –

기다림의 미학

"언니야, 내일 비 오지 않겠지?"
"하늘에 별이 보여. 내일은 비가 오지 않을 거야"

동생과 나는 소풍 가는 날을 손꼽아 기다렸다. 엄마는 5일장에서 미리 사두어야 할 것을 준비하셨다. 그날은 우리 삼남매에게 설레는 날이었다. 소풍이나 생일이 아니면 먹기 어려웠던 분홍 소시지, 그리고 소풍 가서 예쁘게 사진을 찍으라고 새 옷도 사주셨다. 소풍 준비를 위해 나섰던 5일장, 소풍 전날 이불 머리맡에 각자 입을 옷을 개어두고, 동생들과 두근대는 마음으로 비가 오지 않기를 바라며 잠들기 어려웠던 그 밤이 더 좋았다.

기다림에서 가장 설레고 행복한 순간은 바로 기다리는 시간, 그 자체다.

지인이 꾸준한 운동이 필요한 나에게 자전거 타기를 추천했다. 운동에는 재능도, 관심도 없었지만 자전거 타기는 그나마 자신 있는 종목이었다. 내 고향 상주는 자전거 도시이다. 초등학교 때부터 자전거를 타기 시작했고, 중학교 1학년 때부터 고등학교 3학년까지 자전거로 등하교를 했다.

근자감(근거 있는 자신감)이라고 해야 할까? 아무튼 다시 자전거를 타고 싶어졌다. 문제는 자전거를 사는 것이었다. 언제든 돈만 있으면 살 수 있을 것이라 생각했었다. 동네 가게만 봐도 가게 안에 널려 있는 게 자전거였으니까. 그런데 그건 착각이었다. 많은 자전거 중에 꼭 사고 싶은 것이 없었다. 코로나19로 인해 공장 사정은 어려워졌는데, 타는 사람은 늘어나서 그렇게 되었다고 한다. 가게 측에 원하는 모델을 말하고 입고되면 연락 달라는 부탁과 함께 기다림은 시작되었다. 드디어 원하던 모델이 딱 5대가 들어온다는 소식이 왔다. 순간의 망설임도 없이 전화기를 들었고 두 번째로 예약했다. 뛸 듯이 기뻤다. 후에 동료에게 들은 이야기지만 얼마나 좋아보였는지 아파트 분양에 당첨된 줄 알았다고 했다.

기다림은 그 대상의 크기가 아니라, 기다리는 사람의 마음 크기에 따라 달라진다.

기다림에 대해 생각하다보니 밥솥이 떠올랐다. 빨리 밥을 해야 하거나 양이 적으면 15분 쾌속 취사 버튼을 눌러 밥을 한다. 잡곡밥이거나 양이 많을 때는 좀 더 시간이 필요하지만, 어느 날 급한 마음에 양이 많음에도 불구하고 쾌속 취사 버튼을 눌렀다. 밥을 담기 위해 주걱으로 뜨는데 느낌이 좀 달랐다. 고슬고슬도 아니고 그렇다고 쫀득한 것도 아닌, 엄마의 표현처럼 설경설정한 설익은 밥이었다. 맛있는 밥을 먹기 위해서는 그에 맞는 시간이 필요하고 그 시간을 참고 기다려야 한다는 것을 간과한 결과였다.

기다림에는 일에 맞는 적절한 시간이 필요하고, 그때 우리가 해야 할 일은 참고 기다리는 것이다.

시간과 대상이 분명해야 기다릴 수 있는 힘이 생기는 것 같다. 소풍 가는 것은 날짜도 명확했고, 준비도 구체적이었다. 사실 이런 기다림은 즐겁고 쉬운 일이었다. 그런데 자전거 사는 일은 구체적 일정 없이 막연히 기다려야 했으며, 구하기 힘들다는 것은 자전거를 타는 일 자체를 포기하게 만들었다. 구체적이고 명확하지 않으면 짜증을 내고, 빨리 되지 않으면 조급해지는 나에게 '기다림'은 인생에서 해결해야 할 가장 큰 숙제인 것은 분명하다.

'어쩌면 삶 자체가 기다림의 연속이 아닐까'라는 생각이 든다. 매일 비슷한 일상 속에서 기다리는 일을 반복하게 된다. 잠들기 전, 맑고 푸른 하늘이 보이는 아침이 오기를 기다리고, 아침이 오면 출근 준비를 하며 교실에서 아이들을 기다린다. 하루 일과를 마치고 돌아오는 퇴근길엔 집에서 기다리고 있을 가족을 떠올리며 미소 짓게 된다. 기다림을 지루한 것이 아니라 설레는 일이라 생각하면, 기다리는 모든 순간이 행복하고 오래 기다릴 수 있는 힘이 생길 것이다.

매일 기다리는 설렘이 반복된다면, 매일 행복해지겠지?
내일은 어떤 것이 기다리고 있을까?
벌써부터 설렌다.

내 인생의 문장부호

인터넷에서 우연히 〈마침표와 쉼표에서 배우는 것〉이라는 글을 읽게 되었다. 문장이나 글에서 적절한 문장부호를 사용해야 하듯, 삶도 비슷하다는 것이다. 마침표를 찍어야 할 때 쉼표를 찍거나, 쉼표를 찍어야할 때 마침표를 찍게 되면 문맥의 의미가 이상해지거나 잘못 전달되듯, 삶에서도 마침표와 쉼표를 잘 구분해서 붙여야 후회를 적게 한다고 했다.

'어떤 문장부호가 가장 많을까?'
'인생의 문장부호를 적절히 붙이며 살고 있을까?'

첫 번째 마침표(.)
솔직히 마침표 찍기가 가장 어렵다. 인간관계든 일이든 맺고 끊기가 잘 안 된다. 우유부단할 때가 많고 이러지도 저러지도 못해 갈등할 때가 많다. 일을 할 때도 처음에는 여러 가지 계획을 세우고 엄청난 일을 하듯 수선을 떨며 나름 열심히 하려고 노력한다. 그런데 시간이 지날수록 급격히 열정이 식으면서 어영부영 미루다가 마감시간에 임박해서 마무리 하게 된다. 이때 확신에 찼다기보다 하는 것 자체에 의미를 두는 경우가 많다. 용두사미(龍頭蛇尾)인 셈이다.

인간관계에서의 마침표는 더욱 어렵다. 관계를 맺고 끊는 것은 결코 쉽지 않다. 간혹 나에 대해 험담을 했다고 하더라도 왜 험담을 했는지 물어볼 용기가 없다. 그냥 회피한다는 게 맞다. 아마 마침표가 가장 적을 것이라는 생각이 든다. 일이든 관계든 지금부터라도 마무리, 마침표를 잘 찍고 싶다.

두 번째 물음표(?)

아이들이 어렸을 때 "이건 뭐야?"라는 질문을 많이 했다. 때로는 반복되는 질문에 핀잔을 주기도 했지만 세상과 사람에 대해 궁금한 것이 많은 것은 당연하다. 질문을 통해 배움이 있고 그 과정에서 성장한다.

나 역시 학창시절엔 질문을 곧잘 했던 것으로 기억되는데 나이가 들면서 질문하기를 꺼리게 되었다. 왜 질문하기를 꺼리게 되었을까? 이유는 단순하다. '질문의 수준이 그 사람의 사고 수준'이라는 말을 듣고 나서부터다. 다른 사람들이 이런 것도 몰라서 질문을 하느냐고 생각할까 염려되었다. 차라리 모르는 게 낫지 그런 창피한 상황에 직면하고 싶지 않았다. 모르면 물어보는 것이 당연한 일인데 남의 눈을 의식하다 결국 모르는 채 끝냈던 경우가 많았다. 그래서 우리 반 아이들에게 수업이 끝날 때마다 하는 말이 있다.

"궁금하거나 이해가 잘 안 되는 것이 있나요? 질문하세요"

법륜스님의 즉문즉설 강연을 들으러 간 적이 있다. 강연 시작 전 질문지에 자신이 하고 싶은 질문을 적어 질문함에 넣었다. 그 중에서 뽑힌 질문을 가지고 이야기를 하는 방식이다. 그런데 질문이 너무나 개인적이고 때로는 아프고 드러내기 쉽지 않은 이야기가 많았다. 모르는 많은 사람들 앞에서 솔직하게 질문을 한다는 것은 여간 용기를 갖지 않고서는 할 수 없는 일이었다.

질문할 수 있는 용기가 있어야 인생의 문제에 대한 해답을 얻을 수 있다. 이제부터 물음표를 많이 써야겠다. 모르면 모른다고, 가르쳐 달라고 질문할 수 있는 용기를 가져야겠다. 그런데 이런 용기는 어떻게 기를 수 있을까? 먼저 이 질문에 대한 답부터 찾아봐야겠다.

세 번째 느낌표(!)

아이들의 모습이 보기 좋아 얼굴에 미소가 번지는 일.

드라마나 영화의 슬픈 장면을 보다 소리 내어 울었던 일.

맑고 푸른 하늘을 바라보며 휴대폰 사진 버튼을 누르는 일.

노을이 지는 붉은 하늘을 보며 어릴 적 기억이 떠올라 향수에 젖었던 일.

일상의 모든 일이 좋고 나쁜 것으로 나눠지는 것은 그것을 느끼는 사람의 마음에 달려 있다고 생각한다. 평소 감수성이 있다고 느끼지만 때로는 아무 감흥 없이 무미건조할 때도 있다. 그래도 좋은 것을 보면 웃을 때가 많고 앞으로도 그랬으면 좋겠다. 인간관계에서 중요한 것 중에 하나가 상대방의 감정에 공감하는 능력이라고 한다. 우리 반 아이들의 행동 하나하나에 칭찬과 격려를 할 때면 느낌표가 줄줄이 소시지처럼 이어져 나오기도 하지만 반대인 경우도 많다. 아이들과 상담을 하면 "아, 그랬구나" 한 마디에 눈물을 흘리는 아이들도 있다. 느낌표가 공감을 의미한다면, 인생에 있어 느낌표가 붙는 순간이 많은 것 같다. 이왕이면 좋은 일에 느낌표를 붙이는 일이 많아졌으면 좋겠다. 좋든 싫든 느낄 수 있다는 자체만으로도 행복한 일이기에 삶에서 느낌표를 늘려가고 싶다.

네 번째 쉼표(,)

축구 경기에서 전반전이 끝나면 후반전을 앞두고 휴식 시간이 주어진다. 45분을 그냥 달리는 것도 쉬운 일이 아닌데 공을 차며 달리고 골을 넣는 것까지 신경 쓴다는 것이 대단하다. 만약 휴식 시간 없이 연속해서 90분 동안 경기를 한다면 어떻게 될까? 아무리 체력이 좋은 선수라 해도 버텨낼 선수는 거의 없을 것이다.

내 인생을 축구경기에 비유하자면 대략 전반전이 끝난 시점이다. 경기에 휴식 시간이 주어지듯 내 몸도 스스로 휴식기를 요청했다. 덕분에 작년 6개월 간 휴직했다. 일상을 자세히 들여다보면 쉼표는 생각보다 충만하다. 너무 많아서 문제가 될 정도다. 솔직히 말하면 귀찮으면 만사 하기 싫어하는 스타일이다. 하루살이가 '하루'라는 시간동안 자신의 삶을 치열하게 살 듯, 나 역시 월요일부터 금요일까지는 직장 일에 집안일까지 나름 치열하게 하루살이 같은 삶을 산다. 그러다 주말이 되면 정반대의 상황이 펼쳐진다. 우선 토요일 아침부터 늦잠으로 시작해서 아점, 저녁, 1일 2식이다. 이건 일요일도 예외는 아니다. 온 가족이 비슷한데 내가 가장 심하다. 거의 소파와 한 몸이 되어 붙어있다. 내가 생각하기에도 너무 과하다 싶을 정도가 되면 남편이 한마디 한다.

"너무하네"

"알잖아? 소파 껌딱지인 거"

인생에서 쉼표가 있어야 살아갈 에너지를 충전한다고 하지만 과유불급(過猶不及)이라고 했다. 적절한 쉼표와 나태함을 구분하지 않는다면 주변 사람들을 힘들게 할 수도 있으니 조심할 필요가 있는 것 같다.

'끝나지도 않은 일을 하기 싫다고 마침표를 찍어 버린다면?'

'알고 싶은 것이 있는데 궁금증을 풀지 않고 물음표를 지나친다면?'

'아름다운 것을 보고도 느낌표로 표현하지 않는다면?'

'하고 싶은 일이라고 쉼표 없이 앞으로만 나아간다면?'

하고 싶은 일이라고 쉼표 없이 앞으로만 나아간다면 금방 지쳐버리게 될 것이고, 아직 끝나지도 않은 일을 하기 싫다고 마침표를 찍어버린다면 삶은 미완성에 머무르게 될 것이다. 완벽할 수도 없고 모두 완성될 수도 없다. 하지만 원하는 것이 무엇인지 물음표를, 이루는 과정에서 중간 중간 쉼표를, 하기 싫은 일이라도 해야 하는 일이라면 최선을 다해 마침표를, 이 모든 순간 행복한 느낌표가 있는 삶을 살아가길 바란다.

올해도 벌써 절반이 지나갔다.

언제 이렇게 시간이 흘렀는지 아쉬워하며 느낌표에 머물지 않기를, 세웠던 계획이 잘 되지 않는다고 포기하며 급히 마침표를 찍지 않았기를, 주어진 일에 매달려 쉼표 없이 힘들지 않기를 바라는 마음으로 물음표를 던져본다.

지금 이 순간, 어떤 문장부호가 필요할까?

남편을 닮아가는 나

"우리 이사 갈까?"

"갑자기 왜?"

퇴근 후 돌아온 남편에게 얘기했다. 불쑥 이사를 하고 싶다는 생각이 들었다. 결혼할 때 분양받은 아파트에서 한 번도 옮기지 않고 15년을 살았다. 함께한 시간만큼 정든 공간이었지만, 어느 날 문득 다른 공간에 살고 싶다는 생각이 들었다. 부동산에 집을 내놓으며 부탁했다.

"저희는 좀 빨리 이사하고 싶어요. 말씀드린 조건에 맞으면 바로 계약을 할 테니 잘 부탁드려요"

이틀이 지났을까. 부동산에서 연락을 받고 남편 퇴근 시간에 맞추어 집을 보러 갔다. 집을 보고 온 다음 날 남편에게 계약하자고 했더니 어떻게 한번 보고 결정할 수 있냐며 여유를 갖고 생각해보자고 했다. 하지만 집을 본 지 일주일도 되지 않아 계약서에 도장을 찍었다.

계약서에 도장을 찍는 순간부터 남편의 일복이 터지기 시작했다. 이사와 관련된 모든 일을 남편이 도맡았다. 남편은 각종 세금 납부부터 부동산 관련 서류까지 하나부터 열까지 꼼꼼히 챙기는 것을 잘한다. 구체적인 이사 계획도 남편이 했다. 액셀 파일에 빼곡히 적힌 계획서가 모든 것을 말해주었다. 그 중에서 함께한 일은 가전제품을 사는 일이었다. 품목과 종류, 가격 등 상세 비교표를 들고 남편의 손에 이끌려 제품을 결정하는 역할이었다. 그때 가장 많이 한 말이 "응, 좋아, 괜찮네, 그냥 사, 이정도면 됐어"였다. 대출금, 가전제품 구입, 인테리어 공사, 이사 업체 선정 등 모든 일이 전적으로 남편의 몫이었다. 그나마 내가 한 일은 15년 동안 묵혀두었던 짐정리였다. 그것도 혼자 하는 것이 엄두가 나지 않아 친정 엄마와 2박 3일을 거의 쉬지 않고 버리고 또 버렸다. 가장 어렵고 자신 없는 일이 버리는 것인데 두 눈 감고 과감히 버렸다. 지금 생각하면 좀 아까운 것도 있다.

남편과는 연애할 때부터 그랬다. 나는 주로 무엇이 하고 싶다는 제안을 하면 실행은 남편의 몫이다. 아주 가끔 내가 주도적으로 실행에 옮기는 일이 있는데 옷을 사거나 장을 보는 일, 식당 예약 정도이다. 사실 이렇게 되는 데는 각자의 성격이 한몫했다. 주로 나는 어떤 일이든 도전하고 시작하는 걸 좋아한다. 무언가 새로운 것을 시작하는 즐거움, 그 자체를 즐기는 편이다. 남편은 다르다. 자신이 할 수 있는 일인지, 해야 하는 일인지 꼼꼼히 따져본다. 그런 후 한번 결정한 일은 처음부터 철저히 계획을 세우고 차근차근 실행에 옮기는 스타일이다. "이게 필요한데"라고 말하면 어느새 택배가 문 앞에 배달된다.

나는 일을 벌리고 남편은 수습한다. 이런 남편에게 늘 고맙다고 말한다. 세 글자에 불과한 이 말에 진심을 꾹꾹 눌러 담아 전한다. 지금까지 남편은 나의 말을 흘려듣는 일이 거의 없다. 그런 마음 때문일까? 나도 이제는 남편을 조금씩 닮아간다. 새로운 일을 시작하기에 앞서 그 일이 어떤지 꼼꼼히 따져보게 된다. 물건을 살 때 단순히 가격이나 양만 보고 사는 게 아니라 꼭 필요한지 한 번 더 생각해본다. 왠지 좋은 점을 닮아가는 것 같고, 잘하게 되는 것이 많아지면서 뿌듯함도 생긴다.

언젠가 엘리베이터에서 만난 이웃이 남편과 나를 보며 말했다.
"많이 닮았어요. 남매 같아 보여요"
약속이나 한 듯 엘리베이터 거울 속 남편과 내 눈이 동시에 마주쳤다. 부부는 시간이 지나면 닮는다고 하더니, 그 말이 맞구나 생각하며 웃었다. 문득 남편은 그때 어떤 생각을 했을지 궁금해진다. 아니다. 지금 그 말을 듣는다면 어떨지 궁금하다. 내가 듣고 싶은 말이 나오기를 기대해본다.

시절인연(時節因緣)

'시간과 공간이 조화롭게 되어 맺어지는 일들이나 인연'

모든 것에는 그렇게 되는 이유가 있기 마련이라고 했던가?
한 때 이 말이 미치도록 싫었다.
왜 내가 이렇게 되어야 하는 거지?
그러나 시간이 지난 후에 이 말의 의미를 알게 되었다.

그때의 내게는 그런 시간이, 그런 인연이 필요했다.
그럼으로 인해
익숙하지 않았던 일들이 익숙하게 느껴지고
평소 알고만 지냈던 사람이 가깝게 생각되고
기대 이상으로 마음을 보여주었을 때 작은 것 하나도 감동으로 다가올 수 있었다.

다시 돌아간다 해도 같은 선택을 할 것 같은 순간이 있다.
세상에는 그런 일이 있다.
세상 속엔 그런 사람이 있다.

그 일에 손길이 더 가고
그 사람에게 눈길이 더 간다.
마음도 따라 간다.

이런 시절인연이 주어진 것에 감사하다.

나를 드러내고 보여주어라.
자신을 솔직하게 이야기 하지 않는 사람은
다른 사람에 대해서도 솔직하게 이야기 할 수 없다.

- 버지니아 울프 -

나에게 들려주고 싶은 이야기

안녕?

2019년은 너에게 힘든 시간이었다. 힘들었을 네게 해줄 말이 정말 많았는데, 막상 글로 쓰려니 어떤 말을 해야 할 지 쉽게 떠오르지 않는다. 그래도 힘든 과정을 버티고 견뎌낸 너에게 칭찬의 마음을 담아 이야기를 전한다.

이 또한 지나가리라(This shall too pass away)

본래 이 말은 유대인의 경전 주석서 미드라쉬(Midrash)의 '다윗왕의 반지'에서 나온 이야기다. 어느 날 다윗 왕이 궁중의 세공인을 불러 명령하였다.

"날 위해 아름다운 반지를 하나 만들되, 그 반지에 내가 전쟁에서 큰 승리를 거두어 환호할 때 결코 교만하지 않게 하고, 또 내가 큰 절망에 빠져 낙심할 때 결코 좌절하지 않으며 스스로에게 용기와 희망을 줄 수 있는 글귀를 새겨 넣으라"

카톡 프로필에 오랫동안 자리 잡았던 말이다. 니체의 책에는 고통을 긍정적으로 바라보라는 메시지를 전하고 있지만, 막상 견디기 힘든 고통이 내 것이 되었을 때 이 또한 지나갈 것이라는 생각을 하며 긍정적으로 바라보기란 결코 쉽지 않더라. 그래도 솔로몬 왕자의 말처럼 치료를 위해 보낸 힘든 시간도 어느새 다 지나갔다. 지금 이렇게 말할 수 있다는 것이 감사할 뿐이다.

피할 수 없으면 즐겨라(Carpe diem)

항암치료를 즐기라는 말이 어울리지 않지만 힘든 과정을 피하거나 도망치지 않고 정면으로 부딪혀 잘 견뎌냈다. 항암치료가 필요하다는 의사선생님의 말씀을 듣는 날, 수술보다 더 힘들다는 환우들의 이야기를 들은 터라 겁도 나고 두려웠었지. 꿋꿋하게 잘 버텨내며 일상을 보낸 너는 지금의 내가 다시 생각해봐도 대견하다. 그렇게 여덟 번의 과정을 거치면서 정말 씩씩하게 잘 견뎌냈다. 단골 가게 사장님이 아픈 줄 전혀 몰랐을 정도였으니까. 아무렇지 않은 건 아니지만 보란 듯이 태연하게 일상을 보낸 그 시간동안 참 많이 애썼다.

진인사대천명(盡人事待天命)

자신이 할 수 있는 최선을 다하고 하늘의 뜻을 기다린다는 의미처럼 과거의 너도, 지금의 너도, 최선을 다해 살아온 것을 칭찬해주고 싶다. 걱정하는 마음에 한 가지 꼭 부탁하고 싶다. 무조건 열심히 하기보다는 최선이라는 것의 의미를, 조금은 여유를 갖고 타인의 기준이 아닌 너만의 기준으로 만족할 줄 알았으면 좋겠다. 남과 비교하며 부족한 면을 생각하고 아등바등 애쓰는 것이 부질없다는 것을 누구보다 잘 알 테니까 말이야. 자신을 사랑할 줄 아는 사람이 다른 사람도 사랑할 수 있다지? 가수 화사의 〈마리아〉라는 노래를 공감하며 들었던 것이 기억난다.

널 위한 말이야
빛나는 밤이야
널 괴롭히지마
오 마리아 널 위한 말이야
뭐 하러 아등바등 해
이미 아름다운데

이미 너 그대로 아름답기에 자신을 사랑하는 일에 더 집중하길 바란다. 항상 네 편에서 너를 사랑하는 사람들이 있음을 잊지 않기를 바란다.

앞으로

아프지 않고

웃는 일이 더 많기를

흔들리지만 꺾이지 않는 강인함으로 씩씩하게 살아가기를.

너여서 좋았고 너로 인해 행복하다.

너와 함께 한 모든 순간이 감사하다.

마음 담아 함께 나누고 싶은 시 한편 보낸다.

흔들리지 않고 피는 꽃이 어디 있으랴

이 세상 그 어떤 아름다운 꽃들도 다 흔들리면서 피었나니

– '흔들리며 피는 꽃' 도종환(2004) –

행복, 그게 뭘까

마지막 항암치료가 끝나고 한 달이 되어갈 무렵, 갓난아기의 배냇머리처럼 머리카락이 자라기 시작했다. 맨살 사이사이로 까만 솜털이 송송송 올라왔던 그 촉감이 얼마나 좋았는지 모른다. 매일 거울을 보며, 이 날만을 손꼽아 기다렸다. 가발을 쓰고 외출을 한다는 것과 모자를 쓰는 일은 별반 다르지 않을 수 있다. 하지만 나에게는 모자를 쓰는 것과 가발을 쓰는 것은 완전히 달랐다. 가발을 쓰고 세상으로 나오는 일에 자신이 없었고 모든 사람이 내 머리만 바라보는 것 같았다. 그러다 가느다란 머리카락이 온 머리를 까맣게 덮었던 날, 용기를 내어 가발을 벗고 외출했다. 가벼운 마음으로 길을 나섰다. 몸무게는 그대로인데 마음은 깃털보다 가벼웠다.

교과실 옆자리에 앉아 계시던 선생님은 남다른 손재주를 가진 분이셨다. 코바늘뜨기부터 각종 손뜨개질, 인형, 디퓨저, 손수건, 비누, 팔찌 등 만들지 못하는 것이 없었다. 솔직히 이런 것들은 직접 만드는 것이 아니라, 돈을 주고 사야 하는 물건이라는 게 평소 내 생각이었다. 웃음을 머금은 채 코바늘뜨기를 하는 선생님의 표정에서 행복이 느껴졌다. 그 일을 계기로 새로운 것을 배우는 것에 도전하기 시작했다. 배운 것들을 활용해 가족이나 주변 사람들에게 선물하며 기쁨을 나눌 수 있었다. 그리고 누구보다 나 자신이 가장 행복했다. '사랑은 받는 것이 아니라 주는 것'이라고 했던 말이 떠올랐다. 한편으로는 받는 것이 더 좋지 않을까 생각했지만, 그게 아니라는 것을 깨달았다. 사랑은 받아서 행복하기도 하지만 주는 사랑이 진짜 행복이라는 것을 몸으로 느끼는 소중한 기회였다. 행복은 항상 기다려주거나 언제나 가질 수 있는 것이 아니라는 것도, '지금, 여기, 내 곁에 있는 사람'과 행복한 것이 중요한 것임을 깨달았다.

소크라테스가 어느 날 제자들을 사과밭으로 데려갔다.

"지금부터 자신이 마음에 드는 가장 크고 좋은 사과 1개를 딸 수 있다. 단 한 번의 기회가 있을 뿐이며 간 길을 다시 되돌아와서 딸 수 없다"

제자들은 서둘러 사과나무로 향했다. 그런데 손에 사과를 하나씩 든 제자들의 표정이 어두웠다.

"다시 돌아가서 따오면 안 될까요? 저는 처음에 크고 좋은 것을 보았는데 더 좋은 것이 있을 줄 알고 지나쳐왔는데 생각해보니 처음에 본 것이 가장 컸어요"

"아니요, 저는 처음에 보자마자 크고 좋은 것 같아 땄는데 그 후에 더 크고 좋은 사과를 발견했어요. 좀 더 기다릴 걸 하고 후회했어요"

그러자 소크라테스가 제자들에게 이렇게 말했다.

'인생은 언제나 단 한 번의 선택을 해야 하는 것이다'

되돌아보면 나에게도 그런 일이 많았다. 시장에서 물건을 살 때 싸고 좋다며 샀는데 다른 가게에서 더 좋은 물건을 보고 후회했다. 좀 더 말을 잘하고 싶어 망설였는데 다른 사람이 먼저 발표해 말할 수 없었을 때도 그랬다. 행복을 느꼈던 순간을 돌이켜보면 주어진 것이 최선이라 생각하고 만족했을 때였다. 내가 작은 일이라고 생각했던 것이 누군가에게는 큰 일이 될 수도 있고, 누군가에게 작게 여겨지는 일이 나에게는 큰 일이 될 수 있다는 것도 깨달았다.

TV 프로그램 중 〈요즘 책방, 책 읽어드립니다〉가 있었다. 지금은 종영되었지만 매주 화요일 저녁 9시가 되면 소파에 앉아 기다리곤 했다. 책과 시간이 있다고 되는 것은 아니지만, 그래도 아프기 전보다는 읽을 여유가 더 많았다. 그러던 어느 날, 최인철 교수의 「굿라이프」 라는 책이 눈에 들어왔다. 그는 행복을 순간의 기분으로만 이해하는 경향성을 바로 잡고 싶은 마음에 책 제목을 붙였다는 서문과 함께 행복한 사람들의 삶의 기술에 대해서 이야기했다. '잘하는 일보다 좋아하는 일을, 되어야 하는 나보다 되고 싶은 나를, 비교하지 않고, 돈의 힘보다 관계의 힘을, 소유보다 경험을 사고, 돈으로 이야깃거리를 사며, 시간을 사고,

걷고 명상하고 여행하며, 소소한 즐거움을 자주 발견하고, 비움으로 채우는' 삶을 이야기 했다.

나는 어떤 행복한 삶의 기술을 가지고 있을까?
지금까지 확실하게 자신 있는 것을 찾지는 못했지만, 가장 자신이 없는 것은 분명하게 알 수 있었다.
바로 '비교하지 않기'였다.

그러다 책을 읽기만 할 것이 아니라, 글을 쓰고 싶다는 생각이 들었다. 잘 쓰는 사람들과 비교하며 '나도 그렇게 쓸 수 있을까'하고 엄두조차 못 냈지만, 한편으로는 글쓰기를 좋아했기에 '언젠가 책을 써야겠다'라는 막연한 생각을 하고 있었다. 지금 당장 시작해야겠다는 무모한 도전 정신이 솟아올랐다. 간절히 원하면 이루어진다고 했던가? 평소 검색 기능이 서툴렀음에도 블로그에 있는 연락처를 찾아 전화를 하고 있었다. 글쓰기와 책 쓰기는 엄연히 다르다는 것, 작가는 아무나 되는 것이 아니란 걸 새삼 깨달았지만, 그래도 포기하지 않고 지금 이렇게 글을 쓰고 있다. 마음만 먹으면 지속적으로 할 수 있는 일이 글쓰기라는 것에 감사할 따름이다.

스스로에게 부끄러웠던 일, 아팠던 시간을 써내려가는 동안 펑펑 울며 감정을 추스르지 못했다. 울었던 만큼 성장했고 더 많이 단단해진 것은 사실이다. 내 손에 연필과 종이만 있어도 할 수 있는 일, 그게 바로 글쓰기였고, 글쓰기는 '소확행'이라는 말처럼 나에게 작지만 확실한 행복을 전해줬다. 뭔가 특별하고 대단해야지 좋다고 생각했지만, 행복은 결코 큰 것이 아니었다. 돌이켜보니 일상을 일상답게 보내는 모든 순간들이 행복이었고, 행복은 고통을 이겨내는 힘이 숨어있었다. 행복은 자기 마음먹기에 달려 있고, 그것을 발견해내는 사람이 진짜 행복한 사람이다. 어느 누구도 불행한 삶을 살고 싶은 사람은 없으며 완벽한 선택이란 없다.

이제야 행복에 대해 조금 알게 된 것 같다.

내가 생각하는 행복이란,
아침에 눈을 떠 세상을 볼 수 있다는 것.
머리카락을 샴푸로 감을 수 있다는 것.
음식 맛을 있는 그대로 느낄 수 있다는 것.
좋은 사람들과 대화를 나누는 것
원하는 책을 읽고 글을 쓸 수 있다는 것
하고 싶은 일에 도전할 수 있다는 것.
이 모든 순간이 행복이라는 것을 아는 것.

지금 나는 행복의 문 앞에 서 있다.
어떤 행복일지 선택은 내 손에 달려있다.
'오늘'이라는 문을 자신 있게 열어본다.

행복의 문 하나가 닫히면 다른 문들이 열린다.
그러나 우리는 대게 닫힌 문들을 멍하니 바라보다가
우리를 향해 열린 문은 보지 못한다.

– 헬렌켈러 –

에필로그

누구에게나 '지금 이 순간'이라는 시간은 처음이기에
낯설고
서툴고
어색하고
불안하기도
설레기도 한다.

글을 쓰기 전, 나를 찾아온 손님은 '암'이었다. 수술도 잘 되었고 치료도 잘 마무리 되었다. 약간의 두려움이 있지만 지금은 5년 후의 완치 판정을 기다리며 하루하루 감사하게 보내고 있다.

얼마 남아있을지 모르는 시간이 간절하고 절실했다. 그 마음이 나를 글쓰기로 이끌었다. 글쓰기를 마냥 좋아해서였을까? '그냥 쓰면 어떻게 되겠지'라고 생각했다. 하지만 이번 책을 쓰면서 그동안 오만한 생각을 가지고 있었던 나를 발견하게 되었다. 책장에 꽂혀 있는 많은 책과 저자에게 저절로 고개가 숙여진다.

있는 그대로 솔직하게 쓰고 싶었지만 솔직하게 담아내는 것이 얼마나 어려운 일인지 새삼 깨달았다. 나만 알고 싶었던 것을 모두가 알게 되고, 마주하기 싫었던 기억을 더듬어 써 내려가는 것은 두려운 일이었으며, 용기가 필요했다. 그런 과정을 거친 지금, 무엇과도 바꿀 수 없는 소중한 추억으로 남았다는 사실이 그저 감사하다.

책 쓰기.

만약 '공저'가 아니었다면 중간에 포기했을 것 같다. 어려운 길에 손잡아 준 윤슬 작가님, 성주, 경용, 명주, 태영 선배님. 그리고 세상에서 가장 사랑하는 가족, 친구들, 동료들. 일일이 소개할 수 없지만 모두에게 고마움을 전한다.

아팠던 시간을 '멈춤'이라고 생각했고, '실패했다'라고 말했다. 하지만 지금은 아니다. 멈춤이 있었기에 새로운 도전을 할 수 있었다. '새로 고침은 멈춤이 아니라 새로운 기회'라는 윤슬 작가님의 말씀이 떠오른다.

'새로 고침' 버튼을 눌러본다.
지금부터 어떤 이야기가 시작될지 벌써부터 기대가 된다.

닫는 글

글쓰기는 나를 넘어 세상으로 향하는 문이다.

나를 이해할 수 있을 때, 다른 사람도 이해할 수 있고, 세상도 이해할 수 있다. 그래서 나는 특별히 바라는 것도 없으면서, 간절한 바람이 있는 사람처럼 거의 매일 글을 쓴다. 하지만 아무리 그렇다고 해도 '쉽게 흔들리지 않는 사람'이라는 말은 틀린 것 같다. 나도 흔들린다. 그것도 많이. 다만 흔들림이 생겼을 때 그 것을 인지하는 장치를 가졌다는 것이 조금 다를 뿐이다. '말을 마음에 담는 사람' 도 명확한 표현이 아니다. 말을 마음에 담는 것이 아니라 말의 힘을 배우고, 말을 담아놓을 수 있는 도구를 가졌다는 것이 더 정확할 것 같다.

글쓰기는 인생 전체에 필요하다. 학습의 장이자, 마음을 나누는 공간, 나와 세상을 이해하는 일에 글쓰기만 한 것이 없다. 글 쓰는 사람이 많아졌으면 좋겠다. 글 쓰는 시간을 즐기는 사람이 많아졌으면 좋겠다. 글쓰기를 통해 자신의 역사를 써 내려가는 사람이 많았으면 좋겠다. 나는 글쓰기를 과제나 의무가 아니라 축제나 권리로 여기는 사람이 좋다. '사는 게 다 그런 거지'라는 얘기에 '그래도 산다는 건 이런 게 아닐까?'라고 표현하는 사람이 좋다.

일상을 살아가는 힘에 대해 얘기하고, 관성의 힘에서 벗어나 숨겨진 가치를 재발견하기 위해 노력하는 사람이 좋다. 내가 추구하는 가치와 맞닿아 있는 사람, 자신의 가치가 실현될 수 있다고 믿는 사람, 나는 그런 사람이 좋다. 그들과 함께 '나는 법'을 이야기하는 시간이 나는 좋다. 걷는 법을 알고 나는 법을 배워야겠지만, 걷는 방법을 고민하든, 뛰는 방법을 연구하든, 나는 방법을 상상하든, 거듭나는 일에 대해 수다를 떨면서 시간을 보내고 싶다. 밤이 오면 그날의 일과에 만족하며, 하얀 종이를 꼼꼼하게 채워나가는 사람, 나는 그런 사람이 좋다.

새로운 사람이 되어야 한다고 생각하지는 않는다. 하지만 새로운 모습이 될 이유는 있다. 누구나의 인생을 살아가지만, 저마다의 인생을 살아내야 하니까. 누구도 아닌 스스로를 위해, 거듭 태어나는 방식을 찾는 노력을 기울여야 한다. 그리고 선택을 믿고 몸을 움직여야 한다.

나는 그 방식을 '글쓰기'로 결정했고, 오늘도 그 길을 걷고 있다.

「글 쓰는 엄마」 중에서

생각을 담다
마음을 담다
도서출판 담다

꾸준하게 실수한 것 같아

조금 다르게 살아보고 싶은 네 사람 이야기

초판 1쇄 2020년 12월 5일
글쓴이 박성주 · 이경용 · 이명주 · 장은미

디자인 고현경
발행처 담다
발행인 김수영
제작 네오시스템
등록번호 제25100-2018-2호
주소 대구광역시 달서구 조암로 25

메일 damdanuri@naver.com
블로그 blog.naver.com/damdanuri
문의 070-7520-2645
팩스 070-2645-8707
ISBN 979-11-89784-08-9 (03810)